DREAMBOOKS★

DREAMBOOKS★

정령의 펜던트

ORIGINAL FANTASY STORY & ADVENTURE

발렌 판타지 장편소설

★
dream
books
드림북스

정령의 펜던트 11 란데르트 백작

초판 1쇄 인쇄 2020년 12월 4일
초판 1쇄 발행 2020년 12월 21일

지은이 발렌
발행인 오영배
편집 편집부
일러스트 보살
만화 빅피
표지 · 본문 디자인 오정인
제작 조하늬

펴낸곳 (주)삼양출판사 · 드림북스
주소 서울시 강북구 도봉로 173
대표 전화 02-980-2112 **팩스** 02-983-0660
편집부 전화 02-987-9393 **팩스** 02-980-2115
블로그 blog.naver.com/dreambookss
출판등록 1999년 3월 11일 제9-00046호

ⓒ 발렌, 2020

ISBN 979-11-283-9858-2 (04810) / 979-11-283-9513-0 (세트)

드림북스는 (주)삼양출판사의 판타지 · 무협 문학 브랜드입니다.

11

발렌 판타지 장편소설

ORIGINAL FANTASY STORY & ADVENTURE

란데르트 백작

정령의 펜던트

dream
books
드림북스

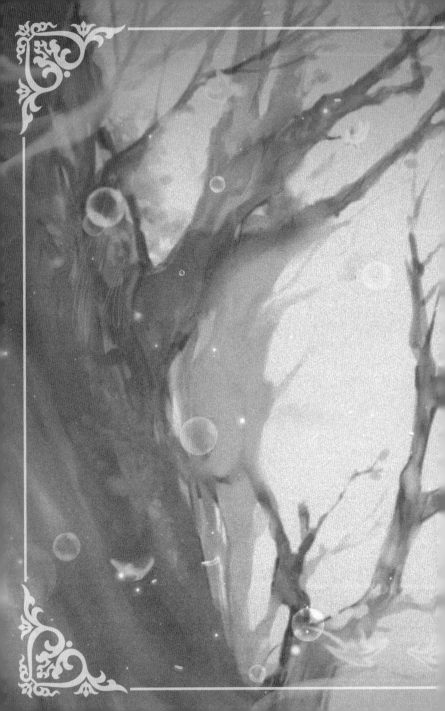

목차

Chapter 1 드와이어트 제국의 최후   007

Chapter 2 환궁   047

Chapter 3 비를 뿌리다   073

Chapter 4 란데르트 백작   101

Chapter 5 어머니   137

Chapter 6 새 학기   173

Chapter 7 오해의 진실   199

Chapter 8 새로운 손님   239

Chapter 9 또 너냐?   263

Chapter 10 살인 미수   299

4컷 만화   325

Chapter 1.
드와이어트 제국의 최후

1.

제국력 804년, 1월 1일.

새해가 밝았다.

그리고 바율은 열일곱 살이 되었다.

원래대로라면 한창 겨울 방학을 즐기고 있어야겠지만, 앞서 황태자 암살 시도 사건으로 인해 아카데미가 전례 없던 휴교에 들어가 버렸다. 해서 현재 부족한 수업 일수를 채우기 위해 전교생이 방학 기간에 아카데미에 나오는 이례적인 경험을 하는 중이었다.

바율과 바일이 태어난 계절은 겨울이었다. 그날은 둘의 어머니인 이베트의 기일이기도 했다.

바일이 죽기 전까지 고향 해밀턴에선 그녀의 기일을 먼저 챙긴 후에 쌍둥이들의 생일 파티를 조촐하게 열고는 했었다.

하나 지금은 학기 중이었고, 바일도 없는 데다가 아버지인 란데르트 공작은 전쟁에 나간 상황이었다. 때문에 바율은 처음으로 혼자서 어머니의 기일을 지냈다.

리타가 바율의 생일상을 마련하긴 했지만, 차마 케이크에 촛불까지 꽂을 수는 없었다. 어머니를 애도하기 위해서인 동시에, 아버지에 대한 염려 때문이었다.

소식에 의하면 두 제국은 곧 전면전을 앞두고 있었다. 예상했던 대로 드와이어트 제국의 저항은 거셌고, 공세 역시 대단했다.

그간 탄탄하게 대비하고 있었음이 여실히 드러나면서, 란데르트 공작은 때때로 고전과 악전을 면치 못했다.

그러나 그는 바율과의 약속대로 항시 승리했고, 결국엔 로이안 황제가 진을 치고 있는 적국의 수도, 메트하르에 당도했다.

그곳에서의 전투가 얼마나 잔혹하고 끔찍할지는 알 수 없으나, 바율은 아버지가 그 마지막 전장에서도 반드시 승리하고 돌아오시리라고 믿었다.

그때까지 정령들과의 교감 능력을 한층 더 상승시키는

것이 바율의 목표였다.

전쟁이 끝나면 로만드시에서 벌였던 일에 대해 설명하러 황도로 가게 될 것이다. 즉, 더 이상은 자신이 정령사라는 사실을 숨길 수가 없게 된다. 그렇게 되면 부가적으로 설명해야 할 일들이 많았다. 정령에 대해 무지한 사람이 대다수이니 아마 이런저런 증명을 해야 할지도 모른다.

도당의 귀족들은 그들이 직접 본 것이 아니면 절대 신뢰하지 않는다고 하였다. 말만 해서는 그들을 이해시키지 못할 게 분명했다.

이왕에 해야 할 증명이라면, 정령이 무엇인지 제대로 보여 줄 참이었다. 정령의 존재가 얼마나 위대하고 대단한지 똑똑히 각인시켜, 자신을 함부로 여기지 못하도록 할 것이다. 그것만이 아버지의 걱정을 덜어 드리는 길이었다.

방과 후 타락의 숲에서 몰래 행하는 수련은 순조로웠고, 중급 정령이 된 스피넬과 이노센트, 셰임의 역량은 가히 엄청났다.

각각의 능력도 능력인 데다, 셋이 함께할 때의 시너지 효과도 상당했다. 그때마다 울상인 템페스타를 달래야 하는 상황이 발생하긴 했지만, 일전에 에이단이 사기(?) 쳤던 '템페스타 상급 정령 첫 번째 설' 덕분에 금방 해결이 되고는 했다.

이제 아버지만 돌아오시면 완벽했다. 승전보와 함께 환궁하시는 그날까지 바율은 학생의 본분 또한 열심히 지킬 생각이었다.

"오늘의 점심 메뉴는 뭘까?"

"새해 첫날이니만큼 뭔가 특별한 음식이 올라오면 좋겠다!"

"아마 도넛이 나오지 않을까? 캐링스턴에선 보통 그걸 나눠 먹으면서 새로운 한 해의 평안과 행운을 기원하거든. 바율, 너희 고향에서는 뭘 먹어?"

"우리는 돼지고기와 렌틸콩이 들어간 스튜를 먹곤 해. 아무래도 북부의 겨울이 매섭잖아? 그래서 따뜻한 걸로 한 해를 시작하지. 아마 이번 주말에 집에 가면 리타가 이미 잔뜩 끓여 놨을 거야. 궁금하면 같이 가서 먹자."

학기 중이지만 새해의 첫날을 기념하는 뜻에서 오늘은 특별히 오후 수업이 없었다. 그 덕에 오전 수업을 마치고 식당으로 향하는 학생들의 얼굴에는 너, 나 할 것 없이 기대감이 가득 차 있었다.

"근데 라이, 드래곤도 신년 음식 같은 게 있냐?"

에이단은 문득 궁금증이 들었다.

"마족은? 마계에도 그런 게 있으려나?"

"그걸 내가 어떻게 아냐? 궁금하면 그 마족 놈에게 직접 물어보든가!"

"아니, 왜 성질을 내? 궁금한 게 죄냐? 사람이 묻지도 못해?"

일라이가 붉은 눈으로 노려보자 에이단이 턱을 치켜들며 응수했다. 일라이에 비해 체구는 왜소하지만, 눈빛만큼은 사납기 그지없었다.

"인어국에선 뭘 먹는지 궁금하지 않은가 보지?"

그때, 해결사로 나선 건 퀸이었다. 그가 에이단의 관심을 단숨에 자신에게로 돌리며 팽팽했던 공기를 무마시켰다.

"오, 당근 궁금하지! 왠지 너희는 도넛이나 스튜 같은 건 안 먹을 거 같아!"

"우린 해초가 들어간 전통 케이크를 먹어."

"…뭐가 들어간 케이크?"

다들 잘못 들은 줄 알았다. 인어국의 새해 음식이 케이크인 것도 의외지만, 무엇보다 해초가 재료로 쓰인다는 게 상상이 안 갔다.

"맛이 기가 막히지. 언젠가 먹어 볼 기회가 있을 거야."

친구들의 표정이 일그러지는 걸 아는지 모르는지 퀸이 자랑스럽다는 듯 어깨를 으쓱였다.

"나…… 왠지 다른 음식들도 어떨지 짐작이 가."

종족이 다르니 음식 문화 역시 다를 수는 있지만, 고정 관념이라는 건 쉽게 깨지지 않는다. 에이단이 고개를 설레설레 저으며 서둘러 식당 안으로 들어갔다.

"어이! 친구들!"

일행이 식당에 들어서자마자 그들을 발견하고 손을 열심히 휘저으며 부르는 이가 있었으니, 바로 슈빅이었다. 녀석이 손수 자리를 맡아 놨다며 빨리 오라고 성화였다.

"근데 내가 지금 잘못 느끼는 건가? 시선이 평소하고는 좀 다른 것 같은데?"

식판에 음식을 담고 슈빅이 맡아 둔 자리로 걸어가는 그들을 향해 어째선지 뜨거운 관심이 쏟아지고 있었다. 이건 흡사 바율이 처음 전학 왔을 때와 비슷했다.

"무슨 일이지?"

"우리가 그새 무슨 짓이라도 저질렀나?"

일행을 힐끔힐끔 쳐다보는 기색들이 영 수상하다. 적의는 아니라는 게 그나마 다행이었다.

"야, 뭔데?"

에이단이 식판을 내려놓으며 슈빅에게 물었다. 분위기가 이러한데 정보통인 녀석이 모를 리 없다. 어쩌면 이러한 상황을 만든 것이 슈빅일 수도 있었다.

"너희 왜 말 안 했냐?"

녀석이 답은 않고 다짜고짜 눈알을 치켜떴다.

"말? 무슨 말?"

"지금 로만드시에서 벌어졌던 기이한 일 때문에 다들 수군거리는 거잖아. 대지진이 일어나고 해일이 몰려왔었다면서?"

"…아, 그랬었대?"

"그랬었대, 는 무슨! 너희도 전부 거기 있었다면서!"

슈빅이 친구들의 얼굴을 하나하나 원망스럽다는 듯 흘겨보았다.

"어떻게 그걸 말 안 해 줄 수가 있어? 란데르트 공작 전하께서 그런 엄청난 능력을 발현하셨는데 말이야! 내가 진짜 오늘 소식 듣고 얼마나 놀란 줄 아냐?"

"…란데르트 공작 전하?"

"그래! 도시를 삼키려던 거대한 해일을 단박에 딱 제압하셨다면서! 아씨, 나도 그걸 봤어야 했는데! 너희는 나를 친구라고 생각하긴 하는 거냐? 앙?"

"그러니까…… 란데르트 공작 전하께서 해일과 지진을 막아 내셨다…… 그 말이지?"

"에이단, 넌 직접 목격한 놈이면서 무슨 질문이 그러냐? 너무 놀라워서 아직도 믿기지 않는 거냐?"

"아니…… 나는 그 소문이 어떻게 여기까지 전해진 건가…… 그거에 놀랐지."

"어떻게 전해지긴, 어떻게 전해졌겠냐? 부상병들이랑 로만드시 시민들 입을 통해서 나온 거겠지. 별거에 다 놀란다."

바율이 한 일이 란데르트 공작이 한 것으로 둔갑이 되었다. 조금만 생각해 보면 아무리 공작이라도 쉽지 않은 일이라는 걸 알 텐데도, 워낙에 신기하고 기묘한 사건이다 보니 그와 연결을 지은 게 분명하다.

실제로 란데르트 공작은 이미 여러 차례 놀라운 모습들을 제국민에게 보여 준 전적이 있었다.

하지만 전쟁이 끝나면 보고와 조사가 이뤄질 것이다. 그때 바율이 정령사라는 게 만천하에 드러날 테고, 슈빅은 또 어떤 배신감에 휩싸일까. 보나 마나 자신을 속였다며 한참을 들들 볶아 댈 게 뻔했다.

거기까지 생각이 미치자 당사자인 바율은 물론이요, 다른 친구들까지 자신들도 모르게 미간을 찌푸리며 자리에 앉았다.

"헛소리 집어치우고, 자세히 좀 얘기해 봐! 실제로 보니까 어땠어? 첨엔 무서워서 완전 쫄았지?"

"뭐? 쫄아?"

"도시를 다 덮치고도 남을 만한 크기의 해일이었다던데? 너희들, 솔직히 살아남은 게 기적 아니냐?"

상상만 해도 오금이 저리다는 듯 슈빅이 몸을 부르르 떨며 말을 이었다.

"특히 바율과 퀸은 다시 살아난 지 얼마 되지도 않았잖아. 만약 내가 이 녀석들이었다면 발발 떨었을걸? 원래 아는 게 더 무서운 법이니까."

"바율과 퀸이 너처럼 겁쟁이인 줄 아냐? 너야말로 자꾸 헛소리할래?"

그 해일을 막아 낸 주축이 바로 바율과 퀸이었다. 둘이 아니었다면 인명 피해가 말도 못 했을 것이다.

뭣 모르는 슈빅의 반응이 이해는 간다만, 한편으로는 영웅을 눈앞에 두고도 몰라보는 녀석이 한심하기도 했다.

"참, 바율! 란데르트 공작 전하께서 드디어 적진에 도착하셨다면서? 그럼 전쟁도 곧 끝나려나?"

산만한 성격답게 슈빅의 화제가 금세 바뀌었다. 녀석이 해일이 물러난 일에 대해 더 캐물으면 어쩌나 했는데, 다행스럽게도 금방 넘어갔다.

"정확한 날짜까지는 몰라도, 그리 길어지진 않을 거야. 다시는 십년전쟁과 같은 일을 만들지 않겠다고 하셨거든."

"오오! 그럼 란데르트 공작 전하께 무슨 비책이라도 있으신 건가?"

"글쎄…… 거기까지는 나도 모르겠네."

되도록 일찍 마무리 짓겠다고만 하셨지, 그 이상 자세한 설명을 해 주시진 않았다. 아버지께서 알아서 하실 문제였고, 바율 역시 그런 것에는 별로 관심을 두지 않았다.

"쩝, 그래?"

정녕 아쉽다는 듯 슈빅이 입맛을 다셨다. 하지만 녀석은 포기를 모르는 남자였다.

"나중에 돌아오셔서 말씀해 주시면 꼭 나한테 제일 먼저 알려 주기다? 바율, 넌 내 친구니까 그래 줄 수 있−지?"

"응, 알게 되는 게 있다면."

"약속한 거다? 자, 손!"

슈빅이 진지하게 바율에게 손가락을 내밀었다. 바율이 웃으면서 손가락을 걸려는 찰나, 에이단이 슈빅의 손등을 툭 내리쳤다.

"뭐야? 왜 치는데?"

"슈빅, 이 순진한 녀석아. 내가 뭐 하나 장담할까?"

"장담?"

"어, 란데르트 공작 전하께서 돌아오시면 넌 전쟁엔 관심도 두지 않을 거야. 그러니 손가락 걸고 하는 약속 따위는 필요가 없지."

"갑자기 뭔 개소리야? 다들 이번 전쟁을 얼마나 궁금하게 여기고 있는데! 그 시작이 바로 우리가 발 딛고 있는 여기, 캐링스턴 아카데미였다고!"

모든 게 황태자 암살 시도 사건으로 인해 벌어진 것이었다. 그래서이니만큼 현 시국에 대한 아카데미 학생들의 관심은 그 어느 때보다 높았다.

새로운 소식을 알리며 자신의 존재감을 과시하는 슈빅에게 란데르트 공작의 아들인 바율과의 거래(?)는 그만큼 중요했다.

"내기할까?"

"…내기?"

"어."

"뜬금없이 뭔 내기? 설마 뭐, 내가 나중에 전쟁에는 관심조차 갖지 않을 거라는 거에 걸겠다는 거냐?"

"당연하지. 10쿠나 어때? 아니다, 이건 좀 작나? 50쿠나로 가자."

"너 미쳤냐? 50쿠나 날리고 어쩌려고 이러는데? 내가 네 사정 뻔히 아는데, 그 돈 잃고 제정신 차릴 수 있겠어?"

"절대 그런 일은 없을걸? 얘들아, 내가 50쿠나 날릴 것 같냐?"

에이단의 물음에 네 친구들은 약속이라도 한 듯 고개를 가로저었다.

"절대."

"이건 사기극이지."

"그 내기 안 하는 게 좋을 것 같은데?"

"슈빅, 신중히 생각해 봐."

그간 조용하던 로건까지 에이단의 편을 들자 슈빅은 약간 혼란스러운 듯 머뭇거렸다. 그러다가 어느 순간 녀석이 버럭 소리를 질렀다.

"너희들, 지금 미리 짜고 나 놀리는 거지? 내가 그런 얄은수에 당할 줄 알아? 50쿠나가 아니라 100쿠나도 걸 수 있다고!"

"진짜? 100쿠나 걸 거야?"

에이단이 밥 먹다 말고 입이 헤벌쭉 벌어져서는 눈동자를 빛냈다.

"나 부잣집 아들인 거 잊었냐? 너희 집보다는 아니지만, 너보다는 돈 겁나 많거든! 단, 에이단 너도 100쿠나 꼭 갖고 와야 한다? 나중에 배 째라 식으로 나오면 알지?"

"물론이야! 절대, 결코 그럴 리 없을 테니까 안심해!"

바율이 보기에 에이단의 표정은 이러했다.

내가 호구를 제대로 물었구나!

새 학기에는 몸이 좀 편하겠는데?

반면 바율은 벌써부터 미안해지고 있었다.

금번 전쟁이 끝나면 사람들의 입에 오를 내릴 사람은 아버지가 아니라 자신일 게 분명했다.

정령사의 존재.

잊고 있던 그것에 대해 제국민, 나아가 대륙인 전부가 호기심과 각자의 목적을 갖고 덤벼들리라. 이제 겨우 같은 동급생으로 대우를 받고 있는데, 이런 날이 얼마 남지 않았다는 것이 새삼 씁쓸한 하루였다.

2.

"공작 전하, 준비를 끝냈습니다."

란데르트 공작은 드와이어트 제국의 수도, 메트하르의 성문에 올라 바람을 맞으며 서 있었다. 예측대로 엄청난 반발이 있었지만 끝내 성문을 여는 데 성공했고, 이제 남은 것은 로이안 황제가 머물고 있는 궁전뿐이었다.

드와이어트 제국은 용병 국가라는 명성에 어울리게 무력 수준이 상당했다. 이곳까지 오는 동안 적지 않은 피가 전장에 뿌려졌다.

하지만 오늘은 다를 것이다.

란데르트 공작의 시선이 밤하늘로 옮겨 갔다.

컴컴한 하늘에 우뚝 솟아 있는 보름달.

공작과 만월 기사단이 가장 큰 힘을 발휘할 수 있는 날, 바로 만월이 뜬 밤이었다.

이때는 누구도 그들을 막지 못한다.

사람들은 말한다. 보름달이 뜬 밤에 만월 기사단을 마주치면 무조건 피하라고. 그날만큼은 기사단 전체가 마치 귀신이라도 씐 듯 무력이 비약적으로 상승하기에 도망치는 것만이 상책이었다.

그 연유에 대해서는 아직까지도 정확히 알려진 바가 없었다. 그리고 사실 놀랍게도 공작 역시 자세한 이유를 모르기는 마찬가지였다.

시간이 날 때마다 조금씩 알아보고는 있지만, 아직 이렇다 할 단서조차 찾지 못했다. 그저 지금은 현실을 받아들일 뿐이었다. 오늘처럼 중요한 전투를 앞둔 상황에선 그게 이점이 되기도 했다.

"로이안 황제에게 황궁은 마지막 보루다. 온 사력을 다해서 지키려 할 것이다."

"공작 전하께선 여전히 그가 궁에 있다고 확신하시는 겁니까?"

이미 전세는 기울었다. 애초에 드와이어트 제국에게 불리한 전쟁이었고, 그들이 이길 가능성은 전무했다. 수도가 함락되었으니 로이안 황제를 포함한 황족과 주요 귀족들은 궁을 버리고 피신했을 확률이 높다. 그래야 후일을 도모할 수 있을 테니까.

하지만 공작의 생각은 달랐다.

"내가 그를 제대로 보았다면 궁에 있을 것이다. 어좌에 앉아서 나를 기다리고 있겠지."

아버지에 대한 복수심을 불태우면서. 그 비틀린 욕망의 최후가 얼마나 비참한지는 오늘 알게 될 것이었다.

"병사들의 사기가 최고조로 올랐습니다. 침투조가 무사히 임무를 완수한다면 금일 내로 전쟁을 끝낼 수도 있습니다."

이번 전쟁에서 가장 중요한 건 사상자의 수를 줄이는 일이었다. 해서 적군일지라도 민간인이라면 함부로 죽이지 말라는 엄명을 미리 내렸다.

드와이어트 제국이 폴스카 제국의 속국이 된다면 총독이 파견될 터이고, 무탈한 통치를 위해서는 민간인들의 반감을 살 만한 일은 처음부터 하지 않는 편이 좋았다.

"내가 직접 가겠다."

"공작 전하께서 말입니까?"

"그보다 더 확실한 수가 있다면 말해 보게."

그건 절대 안 된다는 말이 목구멍까지 올라왔지만, 이어진 공작의 말에 사다드는 반박할 수가 없었다. 공작이 움직인다면 일이 훨씬 수월해질 것은 너무나 자명했기 때문이다. 머리를 아무리 굴려 봐도 당장 그보다 좋은 수가 생각나지 않았다.

"일행은 나를 포함해서 다섯이다. 이제부터 이곳의 지휘는 사다드, 네가 맡는다. 할 수 있겠지?"

"물론입니다. 솔직히 공작 전하께선 자리만 지키고 계셨지, 원래 제가 다 하지 않았습니까."

"그래서, 불만인가?"

"뭐, 불만까지는 아닙니다만…… 저에게도 나름의 개인적인 시간이 필요한데, 그게 좀 부족하다는 말씀을 이 기회에 드리는 것이지요."

"장기 휴가가 필요하면 말만 하게. 일 년이라도 보내 주지."

"헐! 일 년씩이나요? 저를 아예 내칠 작정이십니까?"

"막 고려해 보려는 참이네."

"공작 전하, 이제 출발하셔야 할 듯합니다."

란데르트 공작과 사다드가 농을 주고받을 때, 헤이즈가 들어와 보고했다. 공작이 데려가겠다는 수하 중 한 명이 바로 그녀였다.

아군의 공세가 시작되면 란데르트 공작은 수하들과 함께

궁에 몰래 잠입할 계획이었다. 굳게 닫힌 철문을 열고 황실 근위대를 처리한 후에 로이안 황제와 남은 황족들을 생포하려는 것이다.

다소 위험 부담은 있지만, 이보다 빠르게 궁을 점령할 방법은 없었다. 아군의 피해를 최소화하기 위해서라도 공작이 나서는 것이 최선이었다.

"다녀오지."

사다드의 어깨를 두드려 준 후, 란데르트 공작이 성문을 내려갔다.

"내일 아침에 뵙겠습니다."

그런 주군의 등을 향해 사다드가 허리를 숙이며 결연하게 인사했다.

드디어 결전의 날이다. 드와이어트 제국과의 질긴 악연을 전부 끊어 낼 좋은 밤이었다.

3.

후아아아악—

드와이어트 제국의 황궁은 해자로 둘러싸여 있었다. 그 해자 위로 수십여 개의 불덩이가 솟구쳤다. 어두컴컴한 밤을 수놓는 모습이 흡사 불꽃놀이를 연상시켰다.

하지만 그런 로맨틱한 상황은 아주 잠시일 뿐, 곧이어 엄청난 굉음이 이어졌다.

콰과과과쾅!

폴스카 제국의 일차 공격은 마법 부대의 선공으로 시작되었다. 시뻘건 불덩이가 황궁 벽을 부수며 지축을 뒤흔들었다. 돌가루와 먼지 등이 우수수 쏟아졌다.

퍼벙! 퍼버벙!

그에 질세라 드와이어트 제국에서도 응사 마법을 퍼부었다.

"가자."

란데르트 공작 일행이 움직인 것은 그때였다. 불길이 치솟고 마법이 폭발해 어수선한 정문 쪽과 달리, 측면은 그림자가 져 비교적 어두운 편이었다. 다섯 인영이 신속하고 은밀하게 황궁 벽을 기어올랐다.

"모두 정신 똑바로 차려라!"

벽의 끝에 거의 다다랐을 즘, 병사들을 일깨우는 지휘관의 목소리가 들려왔다.

란데르트 공작이 손을 뻗어 즉시 정지 명령을 내렸다. 공작은 물론이고 다들 아슬아슬하게 벽에 매달린 채 숨을 죽였다.

"어둠을 틈타 적의 침입이 있을 수 있다! 한눈팔지 말고 맡은 자리에서 철저히 경계토록 하라!"

콰과쾅!

병사들의 대답 소리는 폭음에 파묻혔다. 마법 공격이 다시금 시작된 것이다.

마지막까지 황궁을 지키려는 드와이어트 제국과 그것을 무너뜨리려는 폴스카 제국 간 최후의 일전이 벌어지고 있었다.

지체할 새가 없었다. 란데르트 공작이 손을 까딱하자 모두 이전보다 빠른 속도로 벽을 타기 시작했다.

"염병! 찢어 죽여도 시원찮을 놈들! 아주 쉴 틈을 안 주는구먼!"

"우리, 살 수 있을까?"

"낸들 아나? 당장 뒈져도 이상하지 않은 판인데!"

드와이어트 제국 내 병사들이 저들끼리 구시렁거렸다.

전쟁에서 질 거라는 건 이미 기정사실이었다. 걸리면 바로 사형이라는 걸 알면서도 탈영하는 이들이 점점 늘고 있었다. 포로가 되어도 좋으니 목숨이라도 부지했으면 하는 게 그들의 바람이었다.

"제기랄, 어쩌다가 나라가 이 꼴이 되었는지……!"

전쟁이 주는 긴장감이 극도에 달하다 보니 무슨 말이라

도 내뱉어야 두려움이 조금이나마 사라지는 느낌이었다. 아내와 자식들은 안전하게 잘 있는지 내내 걱정이었다.

획!

"…응?"

잡담을 늘어놓았지만, 그렇다고 경계에 소홀한 건 아니었다. 갑자기 벽 아래에서 뭔가 튀어 오르는 기분에 병사의 시선이 따라 올라갔다.

"뭐지? 잘못 본 건가?"

밤하늘엔 아무것도 보이지 않았다. 며칠 밤을 샌 탓에 헛것이 보인 모양이었다.

"우 씨, 순간 철렁했네! 하긴, 황궁 벽이 얼마나 높은데 여기로 사람이 올라올 리……!"

사내의 혼잣말은 끝을 맺지 못했다. 이유도 알지 못한 채 혼절한 탓이다. 그 뒤로도 경비를 서던 병사들이 잇따라 비명을 삼키며 바닥으로 쓰러졌다.

검을 꺼낼 필요도 없었다. 맨손으로 급소를 공격해 상대를 제압하는 기술은 만월 기사단에 입단하면 처음으로 배우는 것이었다. 공작과 수하들 모두 손쉽게 입궁에 성공했다.

"너희 셋은 적군의 옷으로 갈아입고 황궁 문을 열어라. 헤이즈와 나는 내궁으로 가겠다."

"공작 전하, 조심하십시오."

"곧 다시 보지."

염려하는 수하를 안심시키며 란데르트 공작이 어둠 속으로 사라졌다. 그 뒤를 헤이즈가 그림자처럼 빠르게 따라붙었다.

4.

로이안 황제를 찾는 일은 별로 어렵지 않았다. 란데르트 공작의 예민한 감각에 익숙하다면 익숙하다고 할 수 있는 기운이 느껴졌기 때문이다. 멀지 않은 곳이었다.

"황실 근위대입니다."

드넓은 정원. 어쩐지 스산한 분위기를 풍기는 궁전 앞에 드와이어트 제국의 최정예 부대, 황실 근위대가 마치 공작을 기다리기라도 하듯 질서 정연하게 도열해 있었다.

"우리가 올 줄 알았나 보군."

스릉!

란데르트 공작은 망설이지 않고 검을 뽑아 들었다. 12년 전에 했어야 할 일이었다. 십년전쟁을 종결짓던 날, 마음을 독하게 먹지 못하고 자비를 베푸는 바람에 하나뿐인 아들을 잃을 뻔했다.

실수는 한 번으로 족하다.

"이제부터 가로막는 것은 무조건 벤다."

주군의 명이 떨어졌다.

"먼저 가겠습니다."

헤이즈가 붉은 머리칼을 휘날리며 적을 향해 날아갔다. 수십 명의 기사 앞에서도 그녀는 전혀 두려운 기색이 없었다.

제국의 살아 있는 전설.

십년전쟁의 종결자.

대륙에서 가장 든든한 존재가 그녀의 뒤에 자리했다. 그와 함께라면 어느 누가 와도 이길 자신이 있었다.

구오오오!

거대한 기운이 란데르트 공작을 중심으로 휘몰아쳤다.

지잉—

그 기운에 응답이라도 하듯 공작의 검이 짧은 울음을 토했다.

예상했던 대로 근위대는 어떤 동요도 보이지 않았다. 묵묵히 전열을 가다듬으며 시선을 보낼 뿐이었다.

팟!

란데르트 공작이 튀어 나갔다. 그와 동시에 근위대에서도 한 명의 사내가 달려 나왔다.

포스웨이 백작.

드와이어트 제국을 지탱하는 두 기둥 중 하나.

황실 근위대의 대장이었다.

란데르트 공작은 순간적으로 마나를 응축시켜 그 힘을 검에 담았다. 푸르스름한 기운이 찰나에 검을 감쌌다가 이내 사그라졌다.

쑤아아악!

"하압!"

란데르트 공작과 포스웨이 백작의 검이 정면으로 부딪쳤다.

콰쾅!

눈부신 섬광과 함께 막대한 폭발음이 주변을 울렸다. 정원의 나무와 잔디, 땅이 뜯겨 나가고, 장판석이 깨지며 꽤 떨어져 있던 조각상마저 부서졌다.

"크흡!"

포스웨이 백작이 신음을 토하며 주르륵 뒤로 밀려났다. 란데르트 공작의 공격을 나름 훌륭히 막아 냈지만, 거기까지가 그의 한계였다. 역시나 혼자서는 감당하기가 어려웠다. 단 일 수였지만 상대에게 한참이나 모자람을 뼈저리게 느꼈다.

"크핫!"

그때 포스웨이 백작 뒤로 거구의 사내가 툭 튀어 올랐다. 사내는 할버드를 들고 있었는데, 한 치의 머뭇거림도 없이 공작을 향해 그것을 힘차게 휘둘렀다.

파지직!

오러가 서린 할버드의 도끼날에서 시퍼런 불꽃이 무시무시하게 튀었다.

쾅!

급작스러운 공격이었지만 할버드를 쳐 내는 란데르트 공작의 동작은 매우 여유로웠다. 그가 한쪽 입꼬리를 비스듬하게 올리며 상대에게 인사했다.

"오랜만입니다. 제뉴르 백작."

사내는 드와이어트 제국의 또 다른 기둥, 죽은 바라첼 상황의 조카이자 제자인 총사령관, 제뉴르 백작이었다.

"감히 여기가 어디라고 기어들어 와!"

제르뉴 백작이 철천지원수를 보듯 어금니를 깨문 채 으르렁거렸다. 기실 그로서는 할 수만 있다면 당장이라도 눈앞의 상대를 잘근잘근 토막 내서 악어 밥으로 던져 주고 싶었다.

"입이 험한 건 여전하군."

"계집년 같은 네놈 얼굴도 하나 변하질 않았구나!"

"그대가 여기 있다는 건, 로이안 황제도 근처에 있다는 뜻이겠지?"

"네가 감히 폐하를 알현할 수 있을 것 같으냐? 오냐! 그게 정 소원이라면 내 손수 네놈의 모가지를 잘라 폐하께 가져다 바치겠다!"

"하고픈 말이 있다면 더 하시게."

"뭣이라?"

"그래야 죽어서 덜 억울하지 않을 것 아닌가."

제르뉴 백작의 얼굴이 썩은 사과처럼 일그러졌다. 방금 전 호언장담을 하고서도 반박할 말이 바로 떠오르지 않았다. 상대의 무위를 너무나 잘 아는 탓이다.

"더 이상의 유언은 없는가 보군."

원래 적과 긴 대화를 섞는 것은 란데르트 공작의 방식이 아니었다. 공작의 푸른 눈에 보름달이 들어왔다.

쇄애액!

그의 검이 엄청난 속도로 제르뉴 백작을 향해 날아갔다.

서걱!

눈 깜짝할 사이, 아니, 눈이 채 감기기도 전에 벌어진 일이었다. 조금 전까지 멀쩡하게 목에 붙어 있던 제르뉴 백작의 머리가 피를 뚝뚝 흘리며 바닥을 굴렀다.

얼굴에 드러난 표정으로 보아 그는 자신이 죽었다는 사

실조차 인지하지 못한 것 같았다. 부리부리하게 치켜뜬 두 눈에는 여전히 란데르트 공작을 향한 증오가 서려 있었다.

"제, 제뉴르 백작!"

동료의 어이없는 죽음 앞에서 포스웨이 백작이 할 수 있는 거라곤 비명을 내지르는 일뿐이었다.

이렇게 죽을 이가 아니었다.

드와이어트 제국의 총사령관이 이토록 허무하게 갈 수는 없다. 아무리 상대가 란데르트 공작이라 해도 이건 실로 엄청난 치욕이었다.

"그대도 내 앞을 막을 텐가?"

란데르트 공작이 낮은 음성으로 물었다.

포스웨이 백작은 알고 있었다. 여기서 물러난다면 란데르트 공작은 자신을 살려 줄 것이다. 포로로 잡혀가긴 하겠지만, 신분에 걸맞은 대우를 받으리란 믿음 역시 있었다.

란데르트 공작의 공명정대함은 대륙인이라면 모르는 이가 없었다. 비록 적이지만 포스웨이 백작도 인정하는 부분이었다.

하나 그는 검을 고쳐 쥐었다.

"…난 폐하를 모시는 황실 근위대의 대장이네."

대답은 그것으로 충분했다. 공작 또한 그가 투항할 거라고는 생각하지 않았다.

"남길 말이 있다면 하시게."

"유언이라면 이미 가족에게 전달하였네."

오늘이 이승에서의 마지막 날이 될 거라는 건 이미 짐작하고 있었다. 그 길이 부디 명예롭기를 바랄 뿐이다.

"란데르트 공작, 그대와 몇 합이나 나눌 수 있을지 궁금해지는군."

그것이 시작이었다. 선공만이 유리한 고지를 차지할 수 있다고 여겼는지 포스웨이 백작이 급작스레 공격해 들어왔다.

그의 칼끝이 향하는 곳은 공작의 비어 있는 옆구리였다. 황실 근위대를 이끄는 수장답게 가히 절묘한 수법이었다.

하지만 그가 맞서는 상대는 평범한 이가 아니었다. 고수들로 득실득실한 드와이어트 제국에서 무려 총사령관을 맡고 있던 제뉴르 백작을 단 일 수에 제압하였다.

란데르트 공작의 시선 속에 포스웨이 백작의 움직임은 느린 데다가 허점투성이였다.

지이잉!

백작의 공격을 유려하게 피하며 공작이 검을 휘둘렀다.

얼핏 허공을 가르는 듯했지만, 무형의 기운이 상대를 향해 날아갔다.

"큭!"

포스웨이 백작의 목에서 피가 튀겼다. 그가 한쪽 무릎을 꿇으며 검을 쥐지 않은 손으로 목을 잡고 솟구치는 피를 막았다.

란데르트 공작은 망설이지 않았다. 그의 검이 회전하며 재차 포스웨이 백작을 위협했다.

"이익!"

이대로 끝낼 수는 없었다. 포스웨이 백작은 남은 힘을 몽땅 끌어모아 마지막 방어에 퍼부었다.

하지만 부질없는 짓이었다. 오러가 담긴 그의 검이 마치 종잇조각처럼 허무하게 찢겨 나갔다. 란데르트 공작의 검은 거기서 멈추지 않고 그대로 이어져 백작의 가슴에 긴 검상을 남기며 지나갔다.

"커억!"

화끈거리는 가슴의 통증에 포스웨이 백작의 눈이 부릅떠졌다.

"그, 그대의 손에 죽을 줄은 알았지만…… 이렇게 허망하게 갈 줄은……."

직접 눈으로 보지 않은 이들은 전해 들어도 믿지 못할 순간이었다. 란데르트 공작이 아무리 대단하다고 한들 이 같은 무력 차이를 보여 줄 거라고는 상상조차 하지 못했다.

십년전쟁 당시 이미 인간의 범주를 뛰어넘은 공작이었지만, 그때보다도 훨씬 무위가 상승했음을 알 수 있었다.

쿵!

포스웨이 백작의 몸이 반으로 갈라지며 바닥으로 허물어졌다.

"……."

란데르트 공작은 말없이 검에 묻은 피를 털어 내며 전방을 주시했다. 헤이즈가 황실 근위대에게 포위당한 채 묵묵히 명을 수행 중이었다.

"후우."

공작은 크게 숨을 들이마시며 다시금 검을 고쳐 잡았다. 그리고 중앙을 향해 빠르게 내달렸다.

"헤이즈!"

란데르트 공작의 음성에 헤이즈가 조금의 주저함도 없이 공격을 멈추고 옆으로 비켜났다. 그들 사이에 대화는 필요 없었다. 합이라면 수없이 맞췄기 때문이다.

구오오오!

지금까지와는 비교조차 할 수 없는 기운이 란데르트 공작에게서 뻗어 나왔다. 그를 중심으로 대기가 진동하며 마나가 회오리쳤다.

태산마저 무너뜨릴 것 같은 거대한 힘이 정점에 다다랐을 때, 기이하게도 고요한 정적이 찾아왔다.

그러나 그것은 아주 잠시일 뿐, 이후 섬광이 번쩍하더니 한순간에 일대가 붕괴되었다. 내궁의 입구가 부서지며 대리석 파편들이 사방으로 비산했다. 그것들은 곧 날카로운 무기로 돌변해 적의 몸뚱이에 날아가 꽂혔다.

뿐인가.

사지가 분리되고 살이 뜯겨 나가며 붉은 비가 대지를 적셨다. 그야말로 살육의 현장이었다.

드와이어트 제국의 최정예 부대, 황실 근위대가 그렇게 전멸했다.

"공작 전하, 뒤는 제가 맡겠습니다."

이 난리가 났으니 곧 병사들이 몰릴 터였다. 란데르트 공작이 고개를 끄덕이며 무너진 내궁의 입구를 올려다보았다.

붉은 융단이 깔린 계단이 그의 앞에 있었다. 그 끝에 로이안 황제가 있을 것이다. 공작의 두 다리가 천천히 그곳을 향해 움직였다.

5.

계단을 오르자 커다란 문이 란데르트 공작을 맞이했다. 문을 장식한 웅장한 분위기의 조각들은 전부 드와이어트 제국의 정복 전쟁에 관한 것들이었다.

패전국이라는 오명을 쓰고도 찬란했던 승리의 역사를 기어이 놓지 못한 결과가 지금이었다.

모든 것이 그릇된 야망에서 왔다.

그 야망과 함께 제국의 역사를 끝내야만 했다.

쇄액!

란데르트 공작이 차가워진 눈빛으로 검을 휘둘렀다.

끼익—

그러자 쇠로 만들어진 철문에 미세한 실금이 그어지며 이내 반으로 뚝 갈라져 무너졌다.

"……!"

란데르트 공작의 생각대로 로이안 황제는 어좌에 앉아 있었다.

하지만 그는 혼자가 아니었다. 자신의 피붙이들과 함께였다. 이제는 숨이 멈춰 버린 부인과 자식들이 그의 곁을 지키고 있었다.

짙은 피비린내가 진동했다. 적막한 대전 안을 채우고 있는 것은 오로지 로이안 황제의 체온과 숨결뿐이었다.

"크크크, 결국 왔군."

거친 웃음을 뱉어 내는 로이안의 두 눈은 붉게 충혈되어 있었다.

끝을 예감하였기 때문일까.

그는 여태 공작이 알아 왔던 인물과 완전히 다른 사람 같았다.

탁한 시선, 흐트러진 자세, 실성이라도 한 듯한 말투.

흡사 정신을 어지럽히는 약에 취한 것 같기도 했다.

"자네가 한 짓인가?"

"살아서 치욕을 겪느니 차라리 내 손에 죽는 편이 낫지 않소?"

로이안 황제가 킬킬거리며 몸을 일으켰다. 비틀비틀 흔들리는 그의 손아귀에는 바라첼 상황의 애검이 들려 있었다.

"미쳤군."

제 손으로 혈육의 생명을 앗아 가다니, 진정 제정신이 아니었다. 광증을 앓고 있는 줄은 알았지만, 생각보다 심각한 수준이었다.

두 눈에 핏발이 서린 채 증오심을 보이는 로이안 황제는 짐승 그 자체였다. 이성이라곤 없는 오직 본능만이 그를 지배하고 있었다.

"날 이렇게 만든 건 당신이야. 내 아버지 역시 란데르트 공작, 당신이 망쳤어!"

"그래서 내 아들을 죽이려고 했나?"

"당신에게서 가장 소중한 걸 빼앗고 싶었지, 크크크!"

가장 막역했던 친우까지 잃어 가면서 행하였던 복수는 실패했고, 지금은 그 대가를 치르는 중이었다.

"내 선택에 후회는 없다. 어차피 언젠가는 죽을 목숨. 무덤으로 이만한 곳도 없지."

꿀꺽!

로이안 황제가 비릿하게 웃으며 뭔가를 입에 넣었다.

"……?"

"내가 이길 수 없다는 건 알아. 하지만 내 무덤에 당신 팔 하나쯤은 가져가겠다!"

순식간에 그의 기세가 달라졌다. 로이안 황제의 마나 양이 폭발적으로 증가한 것이다.

파핫!

그가 무서운 속도로 란데르트 공작에게 달려들었다.

꽝!

둘 사이에서 묵직한 충돌음이 새어 나왔다. 놀랍게도 로이안 황제는 전혀 밀리지 않았다. 맞댄 검에서 강한 마력이 느껴졌다.

"겨우 이깟 술책으로 내게 덤비는 건가?"

로이안 황제가 삼킨 것이 무엇인지는 정확히 알지 못하나, 대충 짐작은 갔다. 일시적으로 무력의 수준을 높여 주는 비약 같은 부류이리라.

"참으로 한심하구나."

그나마 남아 있던 적국의 황제로서 대우해 주려던 마음이 싹 사라졌다.

퍽!

란데르트 공작의 다리가 전광석화보다도 빠르게 로이안 황제의 정강이를 걷어찼다.

"끄악!"

뼈가 부러지는 소리와 함께 로이안이 훌쩍 날아갔다. 그는 벽에 부딪히더니 그대로 튕겨 나오며 바닥을 뒹굴었다. 바로 일어서려고 했지만, 한쪽 다리가 말을 듣지 않았다.

"어, 어째서……?"

남은 약을 몽땅 털어 넣었다. 아버지께서 직접 고안하신 천혜의 비약. 한 알만 먹어도 고통을 전혀 느낄 수 없다. 오죽하면 다리가 절단되어도 아무렇지 않게 움직이는 것이 가능할 정도다.

한데 부러진 다리에서 어마어마한 통증이 느껴졌다.

설마 저자한테는 이마저 소용이 없다는 것인가?

냉랭한 눈빛으로 자신을 바라보는 공작의 기도는 처음과 조금도 달라진 바가 없었다.

"크핫! 크하하하핫!"

난데없이 로이안 황제가 파안대소를 터뜨렸다.

"그래! 이래야 란데르트 공작이지!"

대륙을 일통하겠다는 아버지와 자신의 꿈을 무너뜨린 사내. 애초에 이런 수가 통하지 않을 상대임을 자신이 깜박하였다.

무너진 대전의 입구 너머로 둥근 보름달이 보였다.

"클클, 오늘이 만월이라는 것도 잊고 있었군."

가래가 끓는 듯한 탁한 웃음이 끊이지 않고 흘러나왔다. 란데르트 공작이 검을 들어 로이안 황제의 목을 겨누었다.

그러자 그가 웃음을 뚝 멈추며 주저앉은 채로 눈을 치켜떴다.

"이제 좀 정신이 드나?"

"다음 생에는 내 반드시 너를 죽일 테다! 그래서 내 아버지의 원통함을 풀어 드릴 것이야!"

"끝까지 네 죄가 무엇인지 깨닫지 못하는구나."

더 이상의 대화는 의미가 없었다.

"그만 가거라."

오늘이야말로 악의 고리를 잘라야 할 때였다.

"나는 이 나라의 황제다!"

별안간 로이안 황제가 란데르트 공작의 검날을 맨손으로 움켜잡았다. 시뻘건 피가 손날을 타고 그의 팔뚝을 지나 옷을 붉게 적셨다.

"나의 죽음은 오로지 나만이 결정한다!"

란데르트 공작이 말릴 틈도 없었다. 끝끝내 증오심을 버려 내지 못한 로이안 황제가 스스로 검에 몸을 내던졌다.

푹!

그의 가슴에 란데르트 공작의 검이 깊숙하게 박혔다.

"끄읍…… 지옥에서도…… 너를…… 저주할 것이다……!"

지독한 고통 속에서도 그는 악담을 내뱉었다. 스스로 생을 마감하기를 바라는 점까지 아비인 바라첼 상황을 꼭 닮았다.

두 부자의 비틀린 욕망이 낳은 길었던 참사가 마침내 끝이 나는 순간이었다.

"고통은 줄여 주지."

상대가 원하지 않을 거라는 걸 잘 알지만, 죽어 가는 이를 그냥 보고 있을 만큼 공작은 비위가 좋지 못했다.

서걱!

공작이 검을 회수하자 로이안 황제의 숨이 끊어지며 그의 몸이 양분되었다.

같은 시각, 드디어 황궁 문이 뚫리고 폴스카 제국의 병사들이 우르르 몰려들었다.

한때 무자비하게 대륙을 호령했던 드와이어트 제국이 서서히 지워지고 있었다.

Chapter 2.
환궁

1.

"바율 도련님!"

토요일 오후, 캐링스턴의 저택 문 앞에 마차가 서자 여지없이 리타가 달려나왔다. 뭘 하다가 나왔는지 앞치마에는 하얀 가루가 잔뜩 묻어 있었다.

"리타, 일주일간 잘 지냈어?"

"그럼요! 도련님은 시험 어떠셨어요? 어려웠나요?"

"아니, 볼 만했어. 이번엔 공부를 아주 열심히 했거든."

바율의 자신만만한 대답에 리타가 함박웃음을 지으며 기뻐했다.

"우와! 장하세요! 영주님께서 돌아오시면 엄청나게 기뻐하실 거예요!"

"나도 그랬으면 좋겠어."

"도련님 오셨습니까."

리타의 뒤에서 이언이 다가오며 바율에게 예를 갖춰 인사했다.

"이언 경, 아버지께선 아직 아무 소식이 없나요?"

전면전을 앞두고 있다는 연락을 끝으로 전해진 바가 없었다. 혹여 전쟁이 예상보다 길어지는 것은 아닌지 걱정이 들었다.

"소식이 왔으면 도련님께 제일 먼저 말씀드렸을 겁니다. 조금만 더 기다려 보십시오."

애가 타기는 이언도 마찬가지였다. 본래 전투가 벌어지면 만월 기사단으로서 언제나 선봉은 그의 몫이었다.

하나 바율의 수행 기사가 된 지금, 그가 있을 곳은 더 이상 전장이 아니다. 이따금 예전의 생활이 그립기도 했지만, 그에게 아들을 맡긴 주군의 심정을 너무나도 잘 알기에 애써 그 마음을 떨쳐 내는 중이었다.

"도련님, 어서 들어가세요. 다들 기다리고 있어요."

"나를 기다린다고? 누가?"

"누구긴 누구예요. 데스 씨 형제들이죠. 지금쯤 아마 침을 질질 흘리고 있을걸요?"

침을 흘리고 있다고?

리타의 알아들을 수 없는 말에 바율이 고개를 갸웃하자 이언이 웃으며 작게 속삭였다.

"바르가 드디어 다시 성공을 했습니다."

"성공이라면…… 설마……?"

"네. 한 상 거하게 차려 놓았는데, 리타 양이 도련님 오시기 전까지 먼저 손대면 절대 안 된다고 으름장을 놓아서 다들 초인적인 인내심을 발휘하고 있답니다."

어떤 모습일지 안 봐도 뻔했다. 식탐은 둘째 치고, 바르가 다시 먹을 만한 음식을 만드는 데 성공했으니 제대로 확인하고 싶어 애를 태우고 있을 것이다.

"이거 빨리 가 봐야겠네요."

삼 형제가 전부 안 보이기에 어디 볼일이라도 보러 간 건가 싶었는데, 이런 희소식이 기다리고 있었다니 갑자기 마음이 급해졌다.

"참, 손님이 한 분 계십니다."

식당에 막 들어서기 전 이언이 이제야 기억났다는 듯 설명했다.

"데스의 동생이라고 하더군요."

"…데스의 동생이요?"

어째 예감이 불길하다. 그의 동생들이라면 죄다 마족들이지 않은가? 하면 마족이 셋에서 넷으로 늘었다는 말인가?

되묻는 듯한 얼굴의 바율에게 고개를 끄덕이는 이언. 그의 표정으로 보아 예상이 맞는 듯했다.

이번엔 또 어떤 이를 데려왔을까. 데스 삼 형제라면 이제 세상 누구보다 편해진 바율이긴 했지만, 새로운 인물의 등장은 아무래도 긴장을 불러일으켰다. 이참에 더는 마족을 늘려선 안 된다는 약속을 받아 내야 할 것 같았다.

"엇! 도련님! 이제 오십니까?"

바율이 식당에 들어서자 데스 형제가 그를 격하게 반겼다. 그들이 어서 와서 앉으라며 빠르게 손짓했다.

"바르가 다시 제 솜씨를 찾았다면서요?"

"아이구, 솜씨라니요. 그런 말은 너무 부끄럽습니다."

바율의 칭찬에 입이 귀까지 걸렸으면서 바르가 자못 겸양을 떨었다. 그는 이번에도 역시나 진수성찬을 차려 놓았다. 요리의 가짓수가 어찌나 많은지, 커다란 식탁에 빈 공간이 보이지가 않았다.

"어찌 되었든 축하드립니다. 남은 팔을 지켜 낼 수 있게 되었으니 제가 다 안심이 되네요."

"바르 형님, 설마 그 팔도 잘릴 뻔한 겁니까?"

아직 소개를 받지 못했지만, 식당에 들어선 순간부터 눈길을 사로잡은 사내였다.

앉은키로 짐작해 보아 섰을 땐 바르만큼이나 클 것 같았다. 체구는 호리호리하나 척 보기에도 온몸이 전부 근육이었다.

데스 형제들처럼 그 역시 온통 흑색의 차림이었는데, 동그랗게 말아 올려 정수리를 장식하고 있는 머리 모양이 다소 독특했다. 그 머리에는 잠두 부분에 해골 형상의 장식이 달린 은색의 비녀가 꽂혀 있었다.

'저 해골, 왠지 낯이 익은데…….'

"총사령…… 아니, 데스 형님. 너무하시는 거 아닙니까? 바르 형님이 무슨 죄를 지었다고 그런 겁박을 하십니까? 제가 진짜 그렇게 안 봤는데 심하십니다!"

데스의 심기가 언짢아지는 것이 바율에게까지 느껴졌다. 그는 음식 앞에서 데스를 절대 건드리면 안 된다는 것을 알지 못하는 듯했다.

"아고스."

아몬이 그의 이름을 부르며 경고했지만, 오랜만에 인간계를 방문한 아고스는 지금 상당히 흥분한 상태였다. 그래서 원래도 없던 눈치가 더 없어진 상황이었다.

"형님에게 맛있는 음식을 대접하겠다는 일념하에 불철주야 열심히 노력하고 계시는 바르 형님이 불쌍하지도 않으십니까?"

"…네가 봤어?"

"예?"

"노력하는 거, 네가 봤냐고."

데스의 말투가 삐딱해졌다. 바율도 왔겠다, 이제 막 식사를 할 수 있겠다는 기대에 부풀었던 기쁨이 서서히 가라앉고 있었다.

"저 자식이 저번에도 이래 놓고 내 뒤통수를 쳤다고 내가 말 했어, 안 했어?"

"아, 그건 전해 듣긴 했지만…… 요리라는 게 원래 잘 될 때가 있고 안 될 때가 있고 뭐 그런 거죠……."

"그럼 네가 해 볼래?"

"제, 제가요?"

데스의 싸늘한 눈빛 때문인지 아고스의 목소리가 점점 기어들어 갔다.

"열흘 줄게. 열흘 안에 해 내면 내가 네놈을 평생 형님이라고 부른다."

"…진심이십니까?"

"여기 증인이 넷이나 있어. 나한테 형님 소리 듣고 싶지 않아?"

당연히 듣고 싶다. 허구한 날 폭력과 협박에 시달리는 삶이 어디 편하겠는가. 그걸 뒤바꿀 수만 있다면 뭐든 하고 싶은 심정이었다.

"단, 실패하면 알지?"

"…모르는데요."

"끽."

데스의 한마디는 깔끔했다. 손으로 목을 긋는 시늉까지 완벽했다. 팔 한쪽이 아니라 목이 날아갈 거란 경고였다.

데스는 한다면 할 것이다. 그는 빈말 같은 건 절대 하지 않는다. 그리고 바율은 자신의 저택에서 그런 사달을 만들 수는 없었다.

"안녕하세요. 바율이라고 합니다. 만나서 영광입니다!"

바율의 갑작스러운 인사에 삐질 땀을 흘리며 눈알만 굴리고 있던 아고스가 참았던 숨을 내쉬며 어색하게 웃었다.

"어어, 안녕……."

"말투."

아몬의 지적에 아고스가 잠시 머뭇거리다가 다시 인사했다.

"안녕…… 하세요…… 도련님……."

"지금은 어색해도 하다 보면 익숙해질 거다."

"맛있는 걸 먹으려면 이 정도는 감수해야지."

바르와 아몬의 응원에도 불구하고 아고스의 표정은 풀어지지 않았다. 형님들이 자신만 자꾸 따돌리고 사라지는 것이 서운해서 따라오긴 했는데, 인간에게 존댓말을 써야 한다니 입이 잘 떨어지지가 않았다.

"전쟁의 신, 맞으시죠?"

아고스란 이름은 바율에게는 떼려야 뗄 수 없었다. 그의 신전에서 십여 년을 넘게 치료를 받지 않았던가.

이렇게 직접 마주하게 될 날이 올 줄은 몰랐는데, 정작 만나 보니 마치 오랜 친구라도 만난 듯 반가웠다. 그래서인지 새로운 마족에 대한 두려움은 어느새 사라지고 없었다.

"그렇다. 아니, 그렇습니다."

"제 집에 오신 걸 환영합니다. 편하게 쉬다 가셨으면 좋겠어요."

"나도, 아니, 저도 그러고 싶은데 형님 눈치가 보여서 영……."

"어라? 아직도 안 드시고 뭐 하세요?"

아고스와 인사를 막 주고받는데, 주방에 있던 리타가 식당으로 들어왔다.

"설마 맛이 없나요?"

"아니야, 리타. 이제 막 먹으려던 참이야. 너도 어서 와서 앉아."

"네! 도련님은 식사 후에 이것도 드세요!"

리타의 옷에 묻어 있던 하얀색 가루의 정체는 아마도 설탕 가루였던 모양이다. 그녀가 바율을 위해 특별히 요리한 딸기 밀푀유를 내왔다.

"뭐야, 우리 건 없어?"

"딸기가 부족해서요."

리타의 간단명료한 대꾸에 데스는 그야말로 망연자실한 표정이었다. 그간 바율을 특별 대우하는 것을 수없이 봤지만, 이번은 유독 참기 힘들었다. 딸기 밀푀유의 향과 모양이 그를 자극했다.

"그나저나, 제 기도발이 또 먹힌 것 같죠?"

리타가 합석하며 자연스레 식사가 시작되었다. 그녀의 말처럼 바르의 음식은 다시 제대로 된 맛을 내고 있었다. 다들 군말 없이 맛있게 음식들을 먹자 바르가 연신 환하게 미소를 지었다.

"절망의 신께서 이번에도 제 기도를 들어주시기로 했나 봐요. 저번처럼 너무 짧으면 안 되는데, 그것도 걱정이에요."

"정말 리타의 기도 때문일까? 짐작 가는 다른 이유는 전혀 없어?"

기실 절망의 신이 바로 그들 눈앞에 있었다. 요리를 못한다고 바르의 팔을 자른 장본인이기도 했다. 그런 그가 기도를 들어주었을 턱이 없다. 필시 놓치고 있는 무언가가 있을 것이다.

"도련님도 아시잖아요. 고대로 따라 해도 희한한 맛을 내는 거. 기도밖에는 없다니까요?"

"근데 말이야. 그쪽은 해밀턴에서 왔으면 전쟁의 신을 믿어야 하는 거 아니야?"

'오, 진짜 맛있네요!'를 연발하며 먹던 아고스가 불쑥 끼어들며 질문했다. 본인의 신도가 다른 신전을 찾았다는 것이 퍽 불쾌한 눈치였다.

"이봐요, 막내 씨. 그쪽이라니요? 저는 엄연히 당신의 선배거든요?"

"선배?"

"그래요! 같은 하인이지만, 저는 여기 살림을 책임지는 집사 같은 존재라고요. 앞으론 말 함부로 하지 말아 주실래요?"

가뜩이나 갑작스레 식구가 늘어서 예민한 리타였다. 데스 형제는 일을 시키면 잘하기는 하지만, 묘하게 거슬리는 구석이 있어서 그들 형제를 한 명 더 받는다는 게 리타로선 달갑지 않았다.

"그리고 말이 나온 김에, 그쪽은 뭘 잘하죠? 청소는 데스 씨가 하고 있고, 바르는 주방, 아몬은 정원을 담당하고 있어요. 특기 있어요?"

"특기? 아, 잘하는 거 말인가? 내가 잘하는 거라면 전쟁이지."

무심코 튀어나온 아고스의 말에 리타가 인상을 찌푸리는 찰나, 그의 뒤통수에서 불이 났다.

퍼억!

"내가 장난치지 말랬지!"

그에게 응징을 가한 건 데스였다. 데스가 음식물을 넘기며 동생 대신 말했다.

"막내라서 오냐오냐 자라다 보니 할 줄 아는 게 없네. 아무거나 막 시키면 잘 배울 거야."

"헐, 할 줄 아는 게 하나도 없다고요? 여기가 무슨 무료 급식소인 줄 알아요? 밥을 먹으려면 정당하게 일을 해야죠! 가뜩이나 식비도 어마어마하게 들어가는데!"

"내 신도라서 좋게 봐주려고 했는데, 엄청 박하네. 일, 하면 되잖아! 시키면 뭐든 잘할 수 있다고!"

팍!

"악, 바르 형님! 지금 저 치셨습니까?"

"스승님에게 예를 갖춰라."

어디서 함부로 눈을 부라려?

뒈지고 싶냐?

바르에게서 살기가 쏟아지자 아고스는 순간 어이가 없었다. 저 인간 소녀가 뭐라고 자신을 이렇게까지 핍박하는지 억울하고 미칠 지경이었다.

"이 씨, 괜히 왔어."

불평하는 아고스에게 바율은 기회가 오면 말해 주고 싶었다.

당신이 가장 잘 보여야 하는 상대는 바로 그 인간 소녀라는 걸. 그녀를 건드리면 어떤 무서운 일이 벌어질지 바율도 가히 짐작하기가 어려웠다.

"조만간 뭔 일이 터지겠군."

이언도 같은 생각인지 식사를 하다 말고 홀로 중얼거렸다.

"바율 도련님! 공작 전하께서 서찰을 보내셨습니다!"

식사가 거의 끝나갈 무렵이었다. 용무가 없으면 거의 나타나지 않는 리자이, 리바이 형제가 급히 식당으로 들어섰다.

바율은 황급히 일어나 서신을 뜯었다. 긴장으로 굳어 있던 얼굴이 글귀를 읽어 내려갈수록 점점 풀어졌다. 그리고 마침내 입가에 미소가 그려졌다.

드디어 전쟁이 끝났다.

드와이어트 제국은 끝내 항복을 선언했고, 아버지께선 곧 환궁하실 계획이었다. 그에 맞춰 바율도 입궁하라는 지시를 내리셨다.

"도련님!"

군이 말하지 않아도 분위기만으로 편지의 내용을 알 수 있다. 리타가 제국의 승리 소식에 두 손에 얼굴을 묻으며 눈물을 터뜨렸다. 안도와 기쁨의 눈물이었다.

2.

따뜻한 봄날의 시작과 함께 폴스카 제국의 승전보가 전해졌다. 란데르트 공작이 나섰으니 너무나 당연한 결과라고 생각하는 제국민이 다수였지만, 그렇다고 기쁘지 않은 것은 아니었다.

십년전쟁이라는 지울 수 없는 상처를 대륙인에게 심어주었던 드와이어트 제국의 멸망 소식에 안타까워하는 이는 없었다.

폴스카 제국을 돕기 위해 파병군을 보냈던 많은 왕국에서 이번에는 축하 사절단을 보내왔다.

황가가 완전히 몰락한 드와이어트 제국은 국토의 규모는 물론, 가진 자원과 물자가 상당한 국가였다. 새롭게 바뀐 주인의 입성을 찬양함과 동시에 뭐라도 얻기 위한 소리 없는 전쟁이 벌써부터 시작되고 있었다.

"내가 베르가라에 다시 오게 될 줄은 몰랐네."

"이게 다 친구를 잘 둔 덕분 아니겠냐? 역시 내가 보는 눈은 있다니까."

"야, 퀸. 란데르트 공작님이 너까지 부르신 걸 보면 네 공을 치하하시려는 거겠지? 해일을 막는 데 크게 한몫했으니 상금이라도 내리시려나?"

뒤늦게 시작된 짧은 방학 기간, 아버지의 명으로 황궁을 다시 찾은 바율은 혼자가 아니었다. 대지진을 막기 위해 함께 로만드시에 갔었던 친구들과 같이 방문한 것이다. 어째선지 아버지는 퀸을 꼭 데려오라는 말씀을 전하셨다.

"상금 받으면 뭐 할 거냐? 한턱 쏠 거지?"

"내가 왜 그래야 하는데?"

예상치 못한 퀸의 반문에 에이단이 황당하다는 듯 얼굴을 구겼다.

"뭐, 이 자식아? 그건 기본이지! 그런 돈은 원래 주위 사람에게 베풀어야 더 큰 복으로 돌아오는 거라고! 인어국에선 그딴 예절도 안 가르치디?"

"어, 배운 적 없어."

퀸은 상금을 받을 생각도 없었고, 받고 싶지도 않았다. 만약 기어코 무언가 주겠다고 한다면 상금이 아니라 다른 것을 얻어 낼 생각이었다.

"네가 일국의 왕자인 내 심정을 어찌 알겠냐."

"뭐, 뭐야?"

배신감(?)에 치를 떠는 에이단을 남겨 둔 채 퀸이 앞장서 걸어갔다. 그들은 입궁하자마자 란데르트 공작의 부름을 받고 가는 중이었다.

"아 씨, 짜증 나. 저 자식 말발에는 왜 맨날 밀리지?"

"그야 퀸이 맞는 말만 하니까 그렇지."

"지금 불난 집에 기름 부어?"

깐죽거리는 일라이를 흘겨보던 에이단이 돌연 목소리를 낮췄다.

"근데, 이사장님은 여기 왜 오신 거냐? 란데르트 공작 전하께서 우리만 부른 거 아니었어?"

"낸들 아냐? 뭐든 제 맘대로 하는 양반인데."

방학 중이지만 인솔자의 자격으로 라예가르까지 따라왔다. 친구들은 이전처럼 로티어스 교수와 함께 가겠다고 했지만, 라예가르는 이사장의 권한까지 들먹이며 뜻을 굽히지 않았다.

"다 들린다."

주위를 두리번거리며 쫓아오던 라예가르가 지나가며 한 마디 했다.

"궁금해서 와 봤다. 황제가 살고 있는 곳은 얼마나 화려한지 한번 보고 싶어서 왔는데, 뭐 별거 없네."

"정말 그 이유가 전부야?"

"뭐가 더 있어야 하나?"

"…아무튼 사고 치지 마. 여기서 사고 쳤다간 내 유희까지 날아가니깐. 알겠어?"

"우리 겸둥이, 아빠만 믿으라니까. 절대 실망 안 시킨다고 약속할게."

라예가르가 씨익 웃으며 아들을 바라보았다. 그러나 겸둥이라는 단어에서부터 이미 빈정이 상해 버린 일라이는 이를 갈며 고개를 팩 꺾었다.

"훗, 귀여운 녀석."

물론 라예가르는 눈 하나 깜짝 안 했다. 그런 일라이마저 사랑스럽다는 듯 더욱 환하게 웃을 뿐이었다.

"란데르트 공작 전하께선 이 안쪽에 계십니다."

일행이 안내를 받고 도착한 곳은 황궁에 마련된 공작의 집무실이었다. 문을 열고 들어서자 많은 인원이 보였다. 란데르트 공작은 탁자의 맨 끝, 상석에 자리하고 있었다.

"아버지!"

얼마나 걱정을 하였는지 모른다. 아버지께선 누구보다 강하신 분이지만, 언제나 만일이라는 것은 존재한다. 무사히 돌아오신 아버지를 확인하자 바율은 언제 어느 때보다 감동스러웠다.

"왔느냐?"

자신이 무얼 하고 있든 간에 바율이 오면 바로 들여보내라고 지시했다. 안 그래도 도착할 때가 되었다고 생각하던 참이었는데, 반가운 아들의 등장에 란데르트 공작의 얼굴에 오랜만에 미소가 피었다.

"회의는 한 시간 후에 다시 진행하도록 하겠습니다."

사다드의 말에 집무실에 모여 있던 이들이 마치 썰물 빠지듯 빠르게 물러났다.

"공작 전하, 고생하셨습니다."

이언이 란데르트 공작에게 다가가 예를 갖춰 인사했다.

"자네도 수고했네."

이언이 있기에 공작도 안심하고 전쟁에 집중할 수 있었다. 그가 이언의 뒤로 보이는 라예가르에게 목례하며 일행을 자리에 앉혔다.

"그간 잘 지냈느냐?"

서찰이 오고 가기는 했지만 간단한 안부만 적힌 정도였다. 몇 달 만에 만난 아들에게서 눈을 떼지 못하며 공작이 물었다.

"네, 아버지. 한데 어디가 불편하십니까? 안색이 별로 안 좋아 보이십니다."

반가움은 잠시였다. 아버지의 미간에 접힌 주름이 바율

은 신경 쓰였다.

"아니다. 좀 피곤해서 그렇지, 아비는 괜찮다."

"환궁하시고 제대로 쉬지도 못하신 겁니까? 식사는요? 식사는 제때 거르지 않고 드신 거죠?"

"아이고, 바율 도련님. 염려 마십시오. 공작 전하께선 원래 입궁하시면 늘 이런 표정을 지으십니다."

"…늘이요?"

"예, 공작 전하께는 여기 베르가라가 제국에서 가장 불편한 곳이거든요. 아마 전장이 백배는 더 편하실 겁니다. 아니 그렇습니까, 공작 전하?"

"사다드."

괜한 말 덧붙이지 말라는 공작의 경고에도 불구하고 사다드는 입을 다물지 않았다.

"그리고 본디 전쟁이 끝난 후에 할 일이 더 많은 법이랍니다. 이거저거 처리해야 할 것들이 산더미죠. 물론 그 대부분은 제가 담당하고 있습니다. 사흘째 잠 한숨 못 자고 있다면 믿으시겠습니까?"

어째 말투에서 생색이 느껴지는 듯했다. 어떻게 반응해야 할지 몰라서 다들 눈만 깜박이는데, 이언이 못 말리겠다는 듯 고개를 저었다.

"나이를 한 살 더 먹어도 철들지 않는 건 여전하군."

"이언 선배, 지금 그거 저 들으라고 하신 말씀입니까?"

"나와."

돌연 이언이 몸을 일으켰다.

"공작 전하, 저는 사다드와 함께 밖에서 대기하겠습니다. 말씀 나누십시오."

며칠 후면 공작과 바율은 황제와 대신들 앞에서 로만드 시에서의 일에 대해 해명 아닌 해명을 해야 한다. 그에 앞서 감출 것은 감추고, 드러낼 것은 드러내기 위해 말을 맞출 시간이 필요했다. 오늘은 그것을 준비하기 위한 자리였다.

사다드가 분위기를 밝게 하고자 농담한 것임을 잘 알지만, 지금은 조용히 피해 주는 게 외려 나은 방법이었다. 두 부자가 중요한 기로에 서 있는 이때, 섣부른 장난은 금물이었다.

"아버지께서도 사흘이나 못 주무신 겁니까?"

이언과 사다드가 나가자마자 바율이 물었다.

"좀 전에 다 듣지 않았느냐. 사다드가 대부분의 일 처리를 하고 있다는 걸."

"…예?"

"난 정리한 서류에 서명만 하면 되거든. 당연히 잠도 잘 자고 있다. 그저 귀족들 상대하느라 골치 아파서 그런 것이니 너무 걱정 말거라."

이제부터 그들이 고민해야 할 건 그런 게 아니었다. 잘못했다가는 구렁이들의 혓바닥에 놀아나는 수가 있다. 때로는 검보다 무서운 것이 사람의 세 치 혀였다. 공작 혼자였다면 충분히 감내할 수 있지만, 바율이 끼면 얘기가 달라진다. 아마도 이번에 대신들은 공작의 새로운 면모를 보게 될지도 몰랐다.

"일단 알아 두어야 할 게 있다."

란데르트 공작이 잘 들으라는 듯 이야기를 시작했다.

"너희가 힘을 합쳐 대지진을 막아 냈지만, 그걸 전부 곧이곧대로 보고할 수는 없다. 아몬의 예언은 당연하고, 일라이의 마법 등 설명할 수 없는 부분들이 많다는 걸 잘 알 것이다."

"라이의 정체를 밝혀서는 안 됩니다."

지진의 피해를 막는 과정에서 아카데미 1년생이 절대 할 수 없는 고위 마법을 있는 대로 난사하였다. 그나마 다행인 건, 멈춰 버린 해일에 정신이 팔린 덕분에 일라이를 주시한 병사가 없을 거라는 점이었다.

"그래서 사다드와 얘기를 나누어 본 결과, 다른 말들은 아끼고, 바율 네가 정령사라는 것과 인어족인 퀸이 해일을 막아 내는 데 힘을 보탰다는 걸 강조하려고 한다. 어차피 이 두 가지가 핵심이고 숨길 수 없는 사실이니까."

"퀸에게 혹여 피해가 가는 건 아닐까요?"

괜히 자신 때문에 귀찮은 일에 휘말리게 된 것은 아닌지 뒤늦은 후회가 몰려든다. 물론 또다시 그때의 상황이 와도 똑같이 행동하겠지만, 그래도 퀸에게는 미안했다.

"욕심을 갖는 자들이야 생기겠지."

인어족이 물을 제어하는 능력을 지녔다는 건 이미 널리 알려져 있었다. 하지만 거대한 해일을 막아 낼 수 있을 정도라는 건 몰랐을 것이다.

"그러나 염려치 마라. 너와 퀸, 둘 다 이 아비가 지킬 터이니."

이미 생각해 놓은 바가 있었다. 그가 제시하는 사안을 귀족들이 어떻게 받아들일지는 모르겠으나, 반드시 뜻대로 만들 참이었다.

"다만 너희가 조심해야 할 부분은 말이다. 대전에서 한번 뱉은 말은 황실 서기관에 의해 전부 기록될 것이다. 주워 담을 수가 없다는 뜻이다. 하니 명심하고 또 명심하거라. 말을 할 때는 반드시 머릿속으로 생각을 먼저 한 후에 입 밖으로 내뱉어야 한다."

주의해야 할 사항은 많고 많지만, 가장 중요한 건 역시 말이었다. 사소한 말 한마디로 역적으로 몰릴 수도 있는 곳이 바로 황궁이다. 도당의 능구렁이들에게 잡아먹히지 않으려면 조심하고 또 조심해야 했다.

"수틀리면 그냥 다 없애 버리면 되지 않나? 그럴 만한 능력도 충분히 되는 것 같은데."

심드렁하게 앉아 있던 라예가르가 답답했는지 툭 내뱉었다. 그러자 일라이가 도끼눈을 뜨며 째려보았다.

"내가 사고 치지 말라고 경고했지?"

"나 아직 사고 안 쳤는데?"

"그런 말도 사고야! 공작님이 방금 전에 말조심하라고 하셨던 거 못 들었어? 이럴 거면 그냥 지금이라도 돌아가는 게 어때?"

"기차까지 타고 고생하면서 왔는데, 그냥 가라고?"

"갈 때는 공간 이동으로 가면 되잖아! 고생은 무슨!"

어째 영 불안한 게, 황궁에 있는 내내 찝찝할 것만 같았다. 노인네 뒤치다꺼리는 사절이다. 일라이가 어서 가라는 듯 손을 휘휘 저었다.

"근데, 황궁이 네 거냐? 왜 네가 가라, 마라야? 네가 뭔데?"

듣자 하니 웃겼다. 아들의 면박에 주춤하던 라예가르가 반격에 나섰다.

"여기 주인도 아니면서 왜 네가 난리야?"

"누가 언제 내 거래? 당신이 헛소리를 하니까 그러는 거지!"

"저기요, 지금 여기서 이렇게 시끄럽게 떠들 때가 아니거든요? 좀 조용히……."

말려도 소용없었다. 이후로도 둘은 장시간 유치하고 시답잖은 언행을 주고받았다. 그 탓에 공작이 해야 할 말을 전부 하지 못했지만, 아직 시간은 있었다. 지루한 정무에만 시달리다가 드래곤 부자의 유쾌한 싸움을 보고 있자니 한편으론 재밌기도 했다.

그렇게 며칠이 지나갔다.

이른 아침, 바율과 퀸은 란데르트 공작과 함께 황제와 대신들이 모두 참석하는 대전 회의에 참가했다. 갑작스러운 그들의 등장에 어리둥절하던 귀족들 사이로 불쾌한 기색을 내보이는 이들이 몇몇 있었다. 헥터 공작의 사람들이었다.

각오는 했지만 처음 참여하는 대전 회의에 바율은 어쩔 수 없이 위축되었다. 그런 아들의 어깨를 두드리며 공작이 말했다.

"당당히 가슴을 펴거라. 너는 내 아들이다."

Chapter 3.
비를 뿌리다

1.

아버지의 따뜻한 음성에 바율의 뛰는 가슴이 조금 진정되었다.

'그래, 난 혼자가 아니야. 아버지께서 함께 계신데 무슨 걱정이야. 다 잘 해결될 거야.'

바율은 심호흡하며 아버지의 말씀대로 가슴을 폈다.

"이보시오, 란데르트 공작! 감히 여기가 어디라고 함부로 사람을 들이는 것이오?"

두 부자와 퀸이 자리에 앉는 순간이었다. 언짢다는 뜻을 온몸으로 표출하며 헥터 공작이 일갈했다. 그러자 그의 측근들이 기다렸다는 듯 한마디씩 보탰다.

"대전 회의는 폐하께서 직접 주관하시는 존엄한 곳입니다! 그러한 곳에 어찌 관련 없는 이를 데려오신 겁니까?"

"게다가 옆의 아이는 천한 인어족이 아닙니까? 란데르트 공작 전하께서 지금 황실을 모독하시는 것입니까?"

"보이텍 후작, 말을 삼가시오. 이 소년은 인어국의 다음 대 왕위를 물려받을 후계자이거늘, 일국의 왕자에게 그 무슨 무례한 발언이란 말이오?"

"인어국이 대체 어디에 붙어 있는 나라랍니까? 이 사람은 금시초문인데, 경들은 들어 보셨소?"

"내 비루한 수인족 따위에는 관심이 없어서 말입니다."

"일전에 황실 연회에서도 심히 못마땅하였는데, 대전에서까지 보게 될 줄은 몰랐습니다! 폐하께서 등청하시면 얼마나 노여워하실지 벌써부터 걱정입니다!"

란데르트 공작의 반박에도 불구하고 몇몇 대신들이 대놓고 역정을 냈다. 예상했던 바이지만 실제로 마주하게 되자, 그들의 편협함에 공작은 다시 한번 기가 찼다.

"모두 심기를 가라앉히십시오. 란데르트 공작께서 아무 이유도 없이 이러실 분이 아니라는 건 경들도 잘 아시지 않습니까? 다 그럴 만한 연유가 있어서 데려온 것이니 그만들 하시지요."

리암이었다. 그가 형을 대신해서 험악해져 가는 대전의

분위기를 쇄신시키고자 나섰다.

"허허, 지금 연유라 하였소? 대관절 얼마나 대단한 연유이기에 감히 이런 불경을 저지른단 말입니까! 아무리 란데르트 공작께서 공신이시라 하나, 이건 절대 그냥 넘어갈 수 없는 문제요!"

"그냥 넘어갈 수 없다?"

란데르트 공작이 보이텍 후작의 말을 그대로 따라 하며 그와 눈을 맞췄다.

"하면 말해 보시오. 날 어쩌고 싶은 게요? 황실 모욕죄로 삭탈관직이라도 시킬 셈이오?"

"사, 삭탈관직이라니요! 제가 언제 그런 말을 하였다고 그러십니까? 오해가 지나치십니다!"

란데르트 공작은 그저 바라보기만 했을 뿐인데도 보이텍 후작은 순간 가슴이 철렁했다. 그의 무시무시한 눈빛이 마치 칼날이 되어 자신의 심장에 날아와 꽂히는 듯한 느낌이었다.

"삭탈관직을 시킬 게 아니면 무엇이오? 황실 모욕죄는 죄 중에서도 중죄. 그런 큰 잘못을 저질렀으니 참형에라도 처하라 폐하께 청하시려는 게요?"

"차, 참형이라니요! 제가 감히 어찌 폐하께 그런 청을 아뢴단 말씀입니까? 그런 생각은 눈곱만큼도 하지 않았습니다!"

"그러하오?"

"저, 정녕 그러합니다! 불쾌하셨다면 정중히 사과드릴 테니 부디 언짢음을 풀어 주십시오."

보이텍 후작이 고개를 조아리자 그의 측근들 역시 란데르트 공작의 시선을 피하며 큼큼거렸다. 조금 전까지만 해도 건수를 잡았다고 자신했거늘, 공작의 서슬 퍼런 기세에 다들 짓눌리고 말았다.

그도 그럴 것이 공작의 태도나 말투가 평소와는 완전히 달랐다. 존재감이야 늘 강하게 뿜어내는 공작이지만, 그는 본디 말수가 적고 노기를 드러내는 법이 없었다.

그런 그가 서늘한 눈빛으로 무서운 단어를 입에 담자 저절로 간이 오그라들었다.

제국, 나아가 모든 대륙인들에게 추앙을 받는 공작이 아니던가. 살아 있는 전설이라 불리는 그에게 삭탈관직과 참형이라니, 그런 일은 절대 일어날 수 없었다. 아니, 일어나서는 안 되었다. 그 후폭풍을 감당할 만한 자는 이 안에 아무도 없었다.

헥터 공작 측은 물론이거니와 란데르트 공작의 사람들까지 공작의 언사에 깜짝 놀란 듯 수군거렸다. 공작의 이런 강경한 모습은 양쪽 모두 처음 보기 때문이었다.

"황제 폐하와 황태자 전하 드십니다!"

그때 마침 황제와 황태자의 등장을 알리는 소리가 들려왔다. 린데만 황태자는 성년이 된 후로 종종 대전 회의에 참석하고 있었다.

"모두 자리에 앉게."

황제와 황태자가 어좌에 앉자 기립했던 대신들이 다시금 착석했다. 신하들을 쓱 살피던 황제의 눈에 곧 의문이 깃들었다. 그리고 그건 황태자도 마찬가지였다.

"란데르트 공작, 옆에 있는 아이는 그대의 아들이 아닙니까? 공작께서 데려오신 겁니까?"

"예, 폐하. 대전 회의가 아무나 들일 수 없는 곳이라는 걸 신 역시 익히 잘 아오나, 그럼에도 함께한 이유에 관해 설명할 기회를 주시기를 폐하께 간청드리는 바입니다."

"당연히 그대가 아무 까닭 없이 그러지는 않았겠지요. 그저 의아했을 뿐, 짐은 괜찮습니다. 그 까닭이란 건 차차 들어 보도록 합시다."

대신들과 달리 황제는 공작의 말에 바로 수긍했다. 바율은 황제가 신하인 아버지에게 공대를 하는 것을 보고 내심 놀랐다.

들어서 알고는 있었지만, 직접 보니 괜스레 마음이 뿌듯하다. 황실의 권위가 어쩌니 하며 분개했던 이들의 얼굴들이 더욱 딱딱하게 굳어지는 게 느껴졌다.

"폐하의 깊고 너르신 아량에 성은이 망극하옵니다."

"폐하, 아뢰옵기 황송하오나 오늘 회의는 로만드시에서 벌어졌던 기이한 일에 대해 논의를 하고자 모인 자리입니다. 신은 이리 중한 자리에 란데르트 공작이 어째서 그의 아들과 인어족 소년을 데려온 것인지 납득할 수가 없사옵니다. 먼저 해명부터 듣고 회의를 시작하는 것이 마땅하다 사료되옵니다."

헥터 공작이 먼저 선수를 날렸다. 기실 그는 오늘을 별러 왔다.

로만드시에서의 일은 수상한 점이 한두 가지가 아니었다. 란데르트 공작은 분명 무언가를 숨기고 있었다. 그것이 무엇인지 오늘 밝혀낼 작정이었고, 공작에게 그걸 숨긴 죄 또한 물을 생각이었다.

"맞습니다, 헥터 공작. 오늘 우리는 로만드시에서 일어났던 지진과 해일에 대한 이야기를 하고자 모였습니다. 제가 바율과 퀸을 데려온 것 역시 바로 그 이유 때문입니다. 모르시는 분들을 위해 말씀드리면 여기 제 아들이 바율이고, 이 인어국 소년의 이름이 퀸입니다."

"란데르트 공작님, 저는 언뜻 이해가 안 됩니다. 어째서 로만드시의 일이 바율과 연관이 있다고 말씀하시는 것입니까?"

린데만 황태자가 고개를 갸웃거리며 묻자, 황제뿐 아니라 많은 대신들이 동의하는 표정을 지었다.

거대한 파도가 도시를 덮치려는 순간, 돌연 시간이 멈춘 것처럼 해일이 움직임을 그쳤다고 했다. 뿐인가. 이후 누군가가 조종이라도 하듯 뒤로 밀려나기까지 했단다.

그것으로도 모자라 난데없이 평지에 흙산이 생겨나고, 지진으로 갈라졌던 땅이 순식간에 제 모습으로 돌아왔다.

직접 보지 않았다면 믿을 수 없는 그 얘기에 대해 수많은 병사들과 로만드시의 시민들이 입을 모아 증언했다.

사람들은 그 모든 걸 란데르트 공작이 했다고 말하지만, 황제와 대신들은 온전히 그의 힘이 아니리라 짐작하고 있었다. 자연을 제어하는 것은 천하의 그라 해도 불가능한 일이었다.

"그건 해일과 지진을 막은 것이 바로 바율과 퀸이기 때문입니다."

뭔가 그럴듯한 답이 나올 거라고 다들 기대하고 있었다. 워낙 신비한 구석이 많은 공작이니 깜짝 놀랄 만한 비밀을 털어놓을 거라고 예상했다.

그런데 아직 성인도 되지 못한 두 아이가 해일과 지진을 막아 냈다니, 황당하고 어이가 없다.

"하핫, 란데르트 공작. 농담이 심하십니다!"

"황실 마법사 전부가 모여도 할 수 없는 일을 어찌 저 아이들이 해냈다는 말씀입니까? 란데르트 공작답지 않은 장난을 다 치십니다."

"폐하, 신이 폐하께 어찌 감히 장난을 치겠사옵니까? 신은 그저 진실을 말씀드리는 것입니다."

다들 아연한 가운데 란데르트 공작만이 담담했다. 그런 그의 모습에 대전의 웅성거림이 점차 잦아들었다. 그러다 완전한 적막이 찾아왔다.

본인의 말처럼 란데르트 공작은 장난을 치는 사람이 아니었다. 누구도 그가 농담하는 것을 본 적이 없다. 하물며 이런 자리에서는 더더욱 그럴 성격이 아니다.

"…정녕 사실입니까? 정말로…… 그대의 아들과 저 인어국 소년이 그러했다는 건가요?"

"예, 폐하. 인어족인 퀸은 물을 조종할 수 있는 능력이 있습니다. 그리고 바율은 정령사입니다."

"정령사?"

"폐하께서도, 여기 모인 대신들에게도 생소한 단어일 겁니다. 정령사란 정령을 다루는 이들을 지칭하는 말입니다."

"아, 정령이라면 그때 본……!"

정령이 뭔지는 아직 잘 모르지만, 일전에 본 적은 있었다. 자신이 유령이라고 착각했던 존재. 황태자는 공작이 전쟁에서 돌아오면 그때 모두 털어놓겠다고 했던 바율의 말이 불현듯 생각났다.

"황태자, 뭔가 알고 있는 것이냐?"

정령이고 정령사고 란데르트 공작이 무슨 말을 하는 건지 황제는 전혀 이해할 수가 없었다. 그 와중에 아들인 황태자가 뭔가 아는 기색을 보이니 황제의 눈이 커졌다.

"예, 아바마마. 캐링스턴 아카데미에서 기습이 있던 날, 정령의 도움을 받았었습니다."

"정령의 도움을 받아? 어찌하여 그 말을 이제야 하는 것이냐?"

"송구합니다, 아바마마. 그건 바율과의 약조 때문에 말씀드리지 못하였습니다."

"뭐라? 약조?"

황제가 이마를 찡그렸다. 황태자의 생명과 직결된 사건에서 무언가를 숨겼다는 건 좋든 아니든 중죄였다.

"폐하, 그건 신이 그리하라 일렀기 때문이옵니다. 단순히 넘어갈 사안이 아니라 판단하여 신이 전쟁을 끝내고 돌아오면 지금처럼 직접 폐하께 아뢸 예정이었습니다."

"맞습니다, 아바마마. 바율도 제게 그리 말하였습니다."

행여 황제가 노여움을 드러낼까 싶어 린데만 황태자가

재빨리 덧붙였다.

"아바마마께서도 아시다시피 바율은 암살자로부터 저를 구해 주었습니다. 심지어 저를 대신해서 죽었다가 다시 살아난 사실을 아바마마도 들어서 아실 겁니다."

"당연히 알다마다! 내 안 그래도 그때의 공을 치하하려고 했었다."

전쟁이 터지는 바람에 잠시 뒤로 밀려났을 뿐, 잊지 않고 있었다. 보고를 통해 퀸이라는 소년이 스스로를 희생하며 바율을 살려 냈고, 죽었던 퀸이 태고의 신물을 통해 부활했다는 것까지 모두 아는 바였다. 해서 황제는 기실 대전에서 바율과 퀸을 보고 내심 반가웠다.

"하면 란데르트 공작, 정령과 정령사가 무엇인지 짐에게 설명해 주시겠습니까?"

"설명은 신이 아니라 신의 아들이 직접 하는 편이 나을 듯하옵니다, 폐하."

드디어 바율이 나서야 할 때가 왔다. 황제의 윤허가 떨어지자, 그는 일어나 공손히 예를 갖추고는 정령에 대한 설명을 늘어놓았다.

잠시 후.

반응은 두 가지로 갈라졌다. 이제껏 몰랐던 정령의 존재에 대해 경악하는 이들이 있는 반면, 세상에 그런 것이 어됐냐며 믿지 못하는 대신들도 많았다. 하물며 개중엔 화를 내는 자도 있었다.

"이 무슨 말 같지도 않은 소리랍니까! 자연을 제어하는 생물이 있다니요! 제 평생 그런 게 있다는 소리는 들어 본 적이 없습니다!"

"그건 정령이 오래전 이 세계에서 완전히 사라졌었기 때문입니다. 그래서 대륙에 자연재해가 잇따르는 것이고요."

"그래, 작금의 대륙엔 자연재해가 엄청나지. 그렇다면 네 말은 자연을 다스린다는 그 정령을 부리는 정령사가 너이니, 네가 그 재해를 막을 수 있다는 뜻이렷다?"

헥터 공작에게 바율의 말은 어린애의 허무맹랑한 거짓말로 들렸다. 저런 헛소리에 놀아나는 란데르트 공작도 매우 우스웠다.

"믿기 어려우실 거라는 거 잘 압니다. 하지만 전부 사실입니다."

"허언이 지나치구나! 감히 여기가 어느 안전이라고 나오는 대로 막 내뱉는단 말이냐? 그 말 같지도 않은 소릴 증명할 자신이 있는 것이냐?"

예상했던 대로다. 바율은 조금의 망설임도 없이 대답했다.

"물론입니다. 지금 당장이라도 증명할 수 있습니다."

"무어라?"

끝까지 꼿꼿한 모습이 제 아비를 쏙 닮았다. 헥터 공작이 비릿하게 웃으며 물었다.

"그래, 무슨 수로 증명할 것이냐?"

"비를 내리겠습니다."

황도는 수년째 가뭄이었다. 저수지엔 이미 물이 다 메말랐고, 비옥했던 농지는 풀포기는커녕 겨우내 튼 살처럼 쩍쩍 갈라지고 있었다. 비가 오기를 바라며 드린 기우제만 해도 수십 번이었다.

마지막으로 하늘에서 물방울이 떨어지는 걸 보았던 게 언제인지 다들 기억조차 나지 않는 지금 시국에, 비를 내리겠다고 자신만만하게 말하는 바율의 말은 엄청난 파급력을 불러일으켰다.

"허허, 고얀 놈이로다! 어쩌자고 계속 망언을 쏟아내는 것이냐! 아비의 권력을 믿고 이리 나서는 것이라면 큰 실수렷다! 이제라도 잘못했다고 어서 빌지 못할까!"

잠시 당황하긴 했지만, 헥터 공작은 끝까지 흔들리지 않았다. 저리도 뻔뻔하게 나오는 모양새를 보면 잔재주쯤이야 조금은 있을지 모르나, 그래도 비를 내리게 할 수는 없을 것이다. 자연은 신의 소관이지, 인간이 어쩌지 못하는 부분이었다.

"헥터 공작! 지금 내 앞에서 내 아들을 핍박하는 것이 오?"

바율이 정령에 대해 설명하는 동안 내내 입을 다물고 있던 란데르트 공작이 참았던 살기를 내뿜었다. 그가 노려보자 헥터 공작의 전신이 부르르 떨렸다.

"바율이 직접 증명을 하겠다고 하지 않소이까? 그대가 믿고 안 믿고는 그 이후에 결정해도 늦지 않소."

"…기다려 봤자 거짓말일 게 뻔한 것에 어찌 아까운 시간을 낭비하란 말이오? 우리가 그렇게 한가한 사람들입니까? 아니 그렇소, 여러분?"

주춤거리면서도 헥터 공작은 뜻을 굽히지 않았다. 그의 측근들이 동조하며 그의 말에 힘을 실었다.

"만일 바율이 비를 내리면 그땐 어쩌실 겁니까? 의장직이라도 내놓으시겠습니까?"

"뭐, 뭐요?"

"의장직을 내놓으라니요! 헥터 공작님이 왜 그래야 한답니까? 오히려 물러나야 할 분은 란데르트 공작이 아니십니까? 감히 폐하가 계신 대전에서 이런 추태를 보이시다니요! 정말 실망스럽습니다!"

"바율이 비를 내리지 못하면 내 그렇게 하지요."

"고, 공작 전하!"

"형님!"

란데르트 공작의 선언에 리암과 측근들이 기겁하며 그를 말렸다. 바율의 능력에 대해서 미리 어느 정도 듣기는 했지만, 그들 역시 본 적이 없으니 완전히 믿지는 못하는 실정이었다. 솔직히 이런 지독한 가뭄에 비를 내리겠다는 바율의 말은 너무나 꿈같은 얘기였다.

란데르트 공작은 신뢰가 가득 담긴 눈빛으로 바율을 지그시 응시했다.

아비는 너를 믿는다.
저들의 말에 현혹되지 말거라.
너의 뒤에는 내가 있다.

이미 오랫동안 해밀턴을 괴롭히던 장마를 처리한 경험이 있었다. 바율은 어느 때보다 자신 있었다.

걱정하지 마십시오.
흔들리지 않습니다.

아버지와 자신을 무시하는 저들의 코를 납작하게 해 줄 것이다.

"어떻게 하시겠습니까? 의장직을 내어놓으시겠습니까?"

란데르트 공작은 굉장히 저돌적이었다. 평상시 그와는 상당히 다른 모습에 황제와 황태자가 눈빛을 주고받았다. 공작이 이토록 강수를 써 가며 헥터 공작을 끌어내리려는 것은 아마 아들 때문일 것이다.

바율에 대한 걱정.

즉, 바율의 말이 틀림없는 사실이란 뜻이었다. 영민한 부자는 그것을 단박에 알아차렸다.

"왜 말씀이 없으십니까? 갑자기 바율이 비를 내릴 수도 있을 거라고 마음이 돌아서신 것이오?"

"…그렇지 않소이다! 좋소! 비를 내릴 수 있다면, 내 기꺼이 의장직을 내어놓지요. 공작의 후임으로 누가 좋을지 고민이나 해 보겠습니다!"

란데르트 공작의 강한 호언에 불안감이 없지 않아 들었지만, 헥터 공작은 처음의 생각을 믿기로 했다. 비를 내리게 할 수 있을 리가 없었다. 아무런 준비도 없이 지금 당장 그럴 수 있다는 건 도무지 말이 안 되는 소리였다.

"흐음, 대신들의 결정이 난 듯하니 짐도 그에 따르는 것이 좋겠소이다. 결론이 어떻게 나든 헥터 공작과 란데르트 공작의 결단에도 이의를 제기하지 않겠소."

"폐하, 한 가지 용단해 주실 것이 더 있사옵니다."

란데르트 공작은 대신들이 전부 모인 이 자리에서 모든 것을 끝낼 참이었다.

"란데르트 공작, 말씀해 보십시오."

"만일 바율이 비를 내린다면 그에 합당한 상을 내려 주십사 청하옵니다."

"합당한 상이라면 어떤 종류를 말씀하시는 것입니까?"

"오랜 기간 나라에 기근이 들어 죽어 가는 백성이 수를 헤아릴 수가 없습니다. 갑작스러운 한파로 얼어 죽기도 하고, 화산이 폭발하여 마을 전체가 사라지기도 합니다. 빈번한 홍수는 말할 것도 없지요."

"그에 대해서라면 짐도 충분히 인지하고 있습니다."

"바율은 그 모든 문제를 해결할 수 있는 정령사입니다. 오늘 황도에 비가 내린다면, 바율은 앞으로 녀석이 필요한 곳마다 불려 다니게 되겠지요. 아니 그렇습니까?"

"앞선 얘기지만, 그런 능력이 진짜로 있다면 도움이 될 만한 곳에 쓰여야 하지 않겠습니까?"

실로 그럴 수만 있다면 제국으로선 어마어마한 인재를 갖추게 되는 셈이었다. 소문이라도 나면 타국에서 욕심을 갖고 덤벼들 것이다. 조금만 들여다보면 바율의 재능은 작금의 시기에 엄청난 축복이자, 유혹의 대상이었다.

"하여 폐하께 정식으로 청원하는 바입니다. 바율에게 그에 마땅한 관직과 작위를 하사하여 주십시오."

"이, 이보시오! 란데르트 공작! 그대의 아들은 이제 고작 열일곱 살이 아니오? 성인도 되지 못한 자에게 어찌 작위를 하사한단 말입니까? 그건 제국의 역사상 단 한 번도 없었던 일입니다!"

"정령사 역시 제국의 역사상 단 한 명도 없었지요."

합당한 관직과 작위 없이 여기저기 끌려다닌다면 어떤 나쁜 일에 휘말릴지 알 수 없었다. 소문이 퍼지면 온갖 날파리들이 붙을 것은 자명한 일. 스스로를 지킬 만큼 뚜렷하고 명확한 명찰을 다는 것이 여러모로 이로웠다.

"일리 있는 말씀입니다. 솔직히 나이가 무슨 상관인가요. 비가 내려 이 오랜 가뭄을 끝낼 수만 있다면 저는 바율에게 무엇을 줘도 아깝지가 않을 것 같습니다."

린데만 황태자가 란데르트 공작의 말에 맞장구를 쳤다.

"짐도 같은 생각이오. 황태자의 목숨까지 구하였는데 짐이 무언들 못 주겠소?"

"하오나 폐하, 이건 전례가 없는 일이옵니다! 심사숙고를 하신 후에……!"

"어차피 헥터 공작은 바율이 비를 내리지 못할 거라고 하지 않았소? 그런데 무슨 걱정이오! 좀 전에 나와 한 약조를 벌써 잊으신 게요?"

"…그런 것이 아니외다! 그저 자꾸 말도 안 되는 얘기들이 흘러나오니 현명히 판단하시라 폐하께 간언을 올리는 것뿐이오!"

말과 달리 그의 이마에는 식은땀이 스며 나오고 있었다. 뭔가 잘못되었다는 생각이 뒤늦게 들기 시작한 것이다.

오늘처럼 밀어붙이는 란데르트 공작의 모습은 본 적이 없었다. 왠지 말린 것 같다는 느낌이 스멀스멀 그를 잠식했지만, 이미 뱉은 말을 주워 담긴 불가능했다.

"그럼 헥터 공작께서도 동의하는 것이오?"

"…그렇소."

찜찜함이 그를 엄습했다. 이러다 진짜 비가 내리는 건 아닌지 불길했다.

"당장 비를 내리겠다고 했으니 결과야 곧 나올 겁니다. 그때 가서 망신을 톡톡히 당해야만 정신을 차릴 듯하니, 공작께선 너무 심려 마시지요."

잠시 후면 탄로 날 일에 괜한 힘 뺄 것 없었다. 보이텍 후작이 헥터 공작 대신 바율에게 명했다.

"자, 이제 시작해 보아라."

"여기서 말입니까?"

"지금 당장 하겠다는 건 너였다. 그 말부터가 거짓이었느냐?"

"그게 아니라, 이왕이면 전역에 고루 비가 퍼지게 하고 싶어서요."

"전역?"

"네, 폐하. 가뭄으로 고생하는 건 황궁뿐이 아니지 않습니까? 황도의 시민들도 비를 기다리고 있습니다."

"설마 황도 전체에 비를 뿌릴 수 있다는 말이더냐?"

"황도가 얼마나 큰지는 가늠해 봐야겠지만, 시도해 볼 가치는 있을 것 같습니다."

아비와 아들이 쌍으로 미쳤구나!

헥터 공작을 비롯한 많은 대신들이 그리 생각했다. 란데르트 공작이 허투루 말하지 않을 위인임을 모두 알고 있지만, 사안이 사안이니만큼 그의 측근들도 무턱대고 지지하기는 곤란한 입장이었다.

"한데 그러려면 사방이 뚫리고 지대가 높은 곳이 좋습니다. 황궁에 그러한 곳이 있사옵니까?"

"아바마마, 중앙 탑이 좋을 듯합니다. 그곳이라면 황궁은 물론 시내가 훤히 다 보이지 않습니까?"

"황태자 전하, 저를 그곳으로 안내해 주십시오."

바율의 부탁에 린데만 황태자가 고개를 끄덕이며 바로 일어섰다. 큰 공에 신통성이 벌어졌다.

황제와 황태자는 물론이요, 제국의 내로라하는 대신들이 줄줄이 대이동을 하게 된 것이다. 눈에 띄지 않는 게 이상할 일이었다.

가뜩이나 작금의 베르가라엔 전쟁의 승리를 축하하기 위해 각국의 사절단이 몰려와 있는 상태였다. 그들 역시 자연스레 무리에 합류하였고, 입에서 입을 타고 현재의 상황이 전해졌다.

"비를 내리겠다고?"

"그것도 란데르트 공작의 아들이?"

"이제 갓 열일곱 살이 된 소년이 무슨 수로?"

잠시 후에 어떤 일이 벌어질지 짐작조차 못 한 채 엄청난 인원이 몰려들었다. 그럴수록 헥터 공작은 염려가 되면서도 통쾌한 기분이 들었다.

망신은 크게 당할수록 좋은 법이다. 대체로 믿지 못하는 분위기이다 보니 왠지 더 안심도 되었다.

"아버지, 제가 정말 작위를 받아도 되는 걸까요?"

"벌써 부담스러운 게냐?"

"네, 제 나이에 그런 걸 받는다는 게 어쩐지 송구합니다."

중앙 탑으로 향하는 바율은 그 점이 걸렸다. 그 낯빛을 오해한 반대 측 무리에서 비웃는 모습들이 보였다.

"바율, 이 나라는 철저한 계급 사회다. 관직과 작위는 그

자체로 너에게 힘이 되어 줄 것이다. 아비가 없더라도 말이다."

"그래, 바율. 정치란 그런 거야. 세상엔 정의감만으로는 대할 수 없는 상대가 널려 있거든. 란데르트 공작님께선 네게 최소한의 방어막을 심어 주시는 거라고. 그러니 주저하지 마."

왕권이 약한 나라에서 후계자로 태어난 퀸은 어린 나이에도 이미 많은 일을 겪었다. 조국의 높은 이들이 그의 앞에서 예를 차리는 건 그나마 퀸의 신분 때문이었다. 직위라는 건 높을수록 유리했다.

"퀸이 잘 알고 있구나. 지금은 이래도 시간이 지나면 이 아비의 마음을 이해하게 될 게다."

"네, 아버지."

이야기를 주고받는 동안 탑에 도착했다. 전부 올라갈 수는 없어 중요 인물만 동행키로 했다.

바율과 란데르트 공작, 퀸, 리암 그리고 황제와 황태자, 황족을 호위하는 기사들, 헥터 공작과 그의 측근 몇몇을 포함해 총 이십여 명이었다.

"그럼 시작하겠습니다."

바율은 뜸 들이지 않았다. 이왕 하기로 했으니 볼거리까지 확실히 제공하는 편이 나았다.

"모두 나와 줄래?"

바율의 말이 끝나기가 무섭게 공중에 사대 정령이 나타났다.

"허억!"

"사, 사람이 어떻게 공중에……!"

자세히 들여다보면 인간이 아니라는 것쯤은 판별할 수 있을 터인데, 대부분이 형상만을 보고 정령들을 사람으로 착각했다.

"아바마마, 자세히 보면 각각 특성이 있습니다. 저 푸른 드레스를 입은 소녀는 물, 꼬마는 바람, 온몸에서 불꽃이 일렁이는 소녀는 불, 중년인은 땅이겠군요. 저마다 개성이 넘칩니다."

린데만 황태자는 정령을 본 게 이번이 두 번째였다. 하지만 첫 번째는 너무 경황이 없어 제대로 보는 건 처음이나 마찬가지였다. 그가 정령들의 등장에 격앙되었다.

"이노센트, 이미 전해 들었지?"

정령들에게 따로 명할 필요는 없었다. 이미 마음을 통해 뜻을 전달했다.

"응, 바율. 나만 믿어!"

"우리 바율을 거짓말쟁이로 몰아가다니, 나쁜 인간이구나!"

템페스타가 버럭 화를 내며 헥터 공작에게 바람을 퍼부었다. 갑작스러운 강풍에 공작이 휘청하자 옆에서 황급히 부축했다.

"바, 방금 그게 뭐지?"

로브 차림의 어린 남자아이가 훅 얼굴을 드밀었다가 사라졌다. 헥터 공작이 당혹스러워하자 템페스타가 깔깔거리며 웃음을 터뜨렸다.

속으로는 잘했다고 칭찬해 주고 싶었지만, 바율은 그러지 말라며 녀석을 따끔하게 혼냈다.

"템페스타, 지금은 그럴 때가 아니야. 당장 비를 내리게 해야 한다고. 도와줄 수 있지?"

"그럼! 바율이 거짓말쟁이가 아니라는 걸 내가 증명할 거야!"

"그래, 고마워."

"흥! 나중에 내가 아주 혼꾸멍을 내 줘야지!"

이노센트가 헥터 공작을 흘겨보더니 하늘로 솟구쳤다. 그녀를 중심으로 세 정령이 간격을 벌린 채 서서히 움직였다.

이번에도 해밀턴과 같이 이노센트의 능력이 주를 이뤄야 했다. 땅의 정령인 셰임은 그 비가 땅에 고루 스밀 수 있도록 돕고, 불의 정령인 스피넬은 이노센트에게 힘을 나눠 주기로 했다. 바람의 정령인 템페스타는 먹구름을 이동시키고 비가 황도 전역으로 퍼져 나갈 수 있게 협력했다.

그렇게 정령들이 하늘로 날아오른 지 얼마나 지났을까.

서서히 비구름이 몰려드는 것이 사람들의 눈에 보였다.

번쩍!

그리고 잠시 후, 건조하고 마르기만 했던 하늘에 별안간 천둥이 치더니, 그것을 시작으로 무언가 툭툭 지상으로 낙하했다.

"비…… 비다!"

"빗방울이 떨어졌다!"

탑 아래에서 사람들의 비명이 터졌다. 수년 만에 내리는 빗물에 모두 이지를 상실한 사람처럼 기뻐했다.

바율은 동요하지 않았다. 비를 내리는 것은 정령들이지만, 그 역시 정신을 집중해야 전대 정령왕들의 힘을 녀석들에게 실어 줄 수 있었다.

가랑비 정도로는 대신들을 만족시킬 수 없다. 아버지의 위신을 위해서라도 장대비가 쏟아져야 할 것이다.

'이노센트, 조금만 더 힘을 내줘!'

시간이 갈수록 빗줄기가 조금씩 거세졌다. 처음엔 옷이 군데군데 살짝 젖을 정도였다면, 점점 우산이 필요한 수준으로 빗방울이 굵어졌다.

바율은 몰랐지만, 황궁 밖에서도 난리가 났다. 갑자기 쏟아지는 비로 인해 시민들이 전부 밖으로 튀어나와 미친 듯이 거리를 활보했다.

드디어 가뭄이 끝났다.

황도의 모든 이들이 기뻐하며 하늘을 향해 입을 벌리고 비를 맛보았다.

하지만 오직 한 사람.

헥터 공작만이 얼굴이 일그러진 채 한동안 석상처럼 움직이지 못했다.

Chapter 4.

란데르트 백작

1.

황도가 들썩거렸다. 온종일 내리는 비로 인해 시민들의 얼굴에선 웃음이 떠나질 않았다. 태어나서 비를 처음 보는 어린아이들은 하늘에서 내리는 물방울이 그저 신기하기만 했다.

말랐던 우물에서 퍼 오를 게 생겼고, 저수지에도 조금씩 물이 차올랐다. 빗물을 듬뿍 머금은 농지가 축축해지는 과정을 목도하는 농부들의 눈에서는 하염없이 기쁨의 눈물이 흘렀다.

황도는 그야말로 축제의 장이었다. 쏟아지는 비를 온몸으로 만끽하며 거리 곳곳에서 잔치가 벌어졌다.

그런 와중에 비를 오게 한 것이 실은 란데르트 공작의 아들이라는 소문이 궁을 오가는 이들의 입을 통해 빠르게 제국 전역으로 퍼져 나갔다.

그게 어디 가당키나 한 일이냐며 믿지 못하는 사람들도 있었지만, 대다수가 역시 란데르트 공작님의 아들이라는 말과 함께 두 부자가 나라를 살렸다고 칭송하며 찬양했다.

덕분에 하루아침에 도당의 의장직에서 물러나게 된 헥터 공작의 심기는 더욱더 바닥으로 곤두박질쳤다. 안 그래도 명망이 하늘을 찌르는 란데르트 공작이거늘, 이제 아들의 명성까지 더해졌으니 속이 쓰리다 못해 아플 지경이었다.

정작 본인의 자식은 사고를 치고 아카데미에서 쫓겨나질 않았던가. 누구도 그 일에 관해 공작 앞에서 입을 열지는 않지만, 그는 알고 있었다. 동갑내기 두 소년의 너무나 다른 행보가 이미 사람들의 입방아에 오르내리고 있었다.

"공작 전하, 정녕 의장직에서 물러나실 겁니까?"

대책을 논하고자 모였지만 다들 꿀 먹은 벙어리처럼 말도 못 하고 서로 눈치만을 살피고 있었다. 그러다 도저히 참지 못하겠다는 듯 드로우 후작이 운을 뗐다.

"란데르트 공작에게 우리가 완전히 놀아났습니다. 그는 애초에 그럴 작정으로 회의에 참석한 게 분명합니다. 완전히 계획적이었다고요! 모양새는 좀 빠지겠지만, 의장 자리는 꼭 지키셔야 합니다!"

"드로우 후작께서 오랜만에 입궁하셔서서 감이 많이 떨어지신 모양입니다."

"그게 무슨 뜻이오, 보이텍 후작?"

"폐하께서 참석하신 대전 회의입니다. 어찌 신하가 황제 앞에서 약조한 바를 번복할 수 있단 말입니까? 대전에서 뱉은 말은 반드시 책임을 져야만 합니다."

"그걸 누가 모르오? 하나 공작 전하께서 의장직을 내려놓으시게 되면 도당은 란데르트 공작의 소굴이 될 것이오! 그걸 그냥 두고 보자는 뜻입니까?"

도당의 의장에게는 대신들의 인사권은 물론이요, 국가의 크고 작은 여러 일에 개입하고 관장할 수 있는 권한이 주어진다.

헥터 공작이 물러난다면 그 자리에 란데르트 공작의 측근이 올라갈 것은 당연한 수순이었다. 그리된다면 그들의 입지는 말도 못 하게 작아질 게 분명했다. 드로우 후작은 그렇게 되는 꼴은 죽어도 볼 수 없었다.

"란데르트 공작은 아들의 힘을 여태껏 숨겼습니다. 지금까지 병자라고 알려져 있지 않았습니까? 공작에게 죄를 물어야 합니다!"

"죄라니요? 대체 무슨 명목으로 말입니까?"

"그 정도 능력을 갖추고도 이제껏 나 몰라라 하지 않았소? 진즉 황도에 비를 뿌렸다면 국고의 손실을 상당 부분 줄일 수 있었을 것입니다. 란데르트 공작의 방만함을 꼬집어 폐하께 아뢰고 도당에도 논제를 올린다면 헥터 공작 전하의 자리를 보존할 수 있지 않겠습니까?"

드로우 후작의 말은 억지 중의 억지였다. 하나 완전히 틀린 말도 아니었다. 지금과 같은 특수 상황만 아니었다면 얼마든지 꼬투리를 잡아 문제로 삼을 수 있었을 것이다.

그들에겐 그럴 만한 힘이 있었고, 실제로도 종종 벌어지는 일들이었다.

하지만 억지도 쓸 수 있을 때가 따로 있는 법이었다. 황도의 모든 이들이 그토록 열망했던 비를 내린 판국에 그 당사자를 죄인으로 몰아간다면 모든 원망과 분노의 화살이 그들에게로 쏠릴 것이다.

드로우 후작은 무인으로서는 실력을 검증받은 뛰어난 검사이지만, 가끔 이렇게 생각이 모자랄 때가 있었다. 보이텍 후작은 한숨이 새어 나오려는 것을 겨우 참아 냈다.

"드로우 후작, 지금은 때가 좋지 않습니다. 온 나라가 비로 인해 축제 분위기인 시기에, 그런 말을 꺼내는 것 자체가 찬물을 끼얹는 격이 될 겁니다."

"하면 어쩌자는 것이오? 아무것도 안 하고 가만히 있자는 소리요?"

"현재로선 방도가 없습니다. 억울하고 분하지만 일단 물러나는 것이 맞습니다."

"보이텍 후작의 말이 맞네. 지금은 수가 없어."

창밖으로 내리는 비를 원수라도 대하듯 바라보던 헥터 공작이 침울한 음성으로 말했다.

직접 보았으면서도 그는 여전히 믿을 수가 없었다. 인간의 힘으로 어찌 자연을 제어할 수 있단 말인가. 공작은 악몽이라도 꾸는 듯한 기분이었다.

"란데르트 공작이 또 어떤 논란을 불러올지 알 수가 없습니다. 당분간은 몸을 사리며 대비하는 데 힘을 쏟아야 합니다."

"이 기세로 날 몰아붙이려 하겠지. 하지만 얌전히 당하고만 있지는 않을 걸세. 나를 만만하게 보았다면 저쪽도 크게 실수하는 꼴이 되고 말 거야."

"고작 열일곱 살짜리에게 관직과 작위를 달라고 폐하께 요구를 하였습니다. 아들 핑계를 대었지만, 본인의 입지를 위해 그러한 것이 아니겠습니까? 란데르트 공작의 야망이 이번 기회에 아주 여실하게 드러났습니다!"

"폐하께서 어떤 작위를 내리실까요? 남작 정도로 그쳐야 할 터인데 말입니다."

보이텍 후작은 심히 염려스러웠다. 작위가 무엇이 되었건, 이건 선례가 없는 일이었다. 계승이 아닌 능력을 발휘하여 황제로부터 하사받는 최연소 인물이 하필이면 란데르트 공작의 아들이라는 것이 제일 마음에 들지 않았다.

"어제 보니 그보다 더한 것도 내어 주실 듯 보이외다. 나이가 무슨 상관이냐며 역성을 드는 황태자의 모습, 다 보시지 않았습니까? 폐하께서도 별다른 말씀이 없으셨던 걸 보면 똑같으십니다."

"린데만 황태자에 대한 지지도가 높아지겠군요. 하나 그것도 잠시일 뿐입니다."

"잠시라니요? 보이텍 후작, 그게 무슨 말씀입니까?"

드로우 후작이 어리둥절해져서는 그를 쳐다보았다. 헥터 공작 역시 미간을 모은 채 후작의 답을 기다렸다.

"사실 안정기에 들어가면 말씀드릴 생각이었습니다만, 지금 알려 드리는 것이 나을 듯합니다."

"그러니까 무엇을 말이오? 뜸 들이지 말고 어서 말해 보시오!"

"카트린느 마마께서 잉태를 하셨습니다."

"잉태라면……?"

"마마께서 폐하의 아이를 가지셨다는 말인가?"

"예, 공작 전하. 10주가 조금 넘었다고 합니다."

보이텍 후작의 딸로 태어나 지금은 황제의 후궁이 된 카트린느 영애. 드디어 그녀가 아비와 헥터 공작이 그리도 소원하던 것을 이뤄 냈다.

"성별은 언제 알 수 있는가?"

축하한다는 말보다 성별에 관한 질문이 먼저 튀어나왔다. 후작의 딸을 후궁으로 만든 목적은 하나였다.

아들을 낳아 새로운 황태자를 세우는 것.

그들이 란데르트 공작을 앞설 길은 그뿐이었다. 새로운 태자만이 그들의 시대를 열어 줄 수 있었다.

"이미 알고 있습니다."

"…이리도 빨리 알 수가 있단 말이오?"

"얼마 전 황금 드래곤이 나오는 태몽을 꾸셨답니다. 용한 점술가를 찾아가 물으니 틀림없는 아들이라고 하더군요. 카트린느 마마라면 분명 태자를 낳으실 겁니다."

드래곤이 꿈에 나오는 건 태몽 중에서도 으뜸이었다. 어려서부터 목적한 바는 무엇이든 이뤄 냈던 딸이다. 단 한 번도 아비를 실망시킨 적이 없었다. 보이텍 후작이 황태자의 외조부가 될 날도 머지않았다.

"태자라니요! 그렇게만 된다면 바랄 게 없겠습니다! 당장이라도 지금의 황떼자를 페위시키고 새로운 황태자를 맞이하고 싶은 심정입니다!"

"어허! 입조심하시게. 이 얘기가 밖으로 새어 나가선 안
될 것이야."

캄캄하기만 했던 미래에 한 줄기 빛이 보였다. 어차피 명
성으로는 란데르트 공작을 넘어설 수 없었다.

하지만 권력은 다르다. 새로운 황태자를 옹립하여 황실
을 장악한다면 제국은 그들의 손아귀에 들어오는 것이나
진배없었다.

"보이텍 후작, 감축드리오. 내 조만간 카트린느 마마를
찾아뵙겠다고 전해 주시게나."

비가 내린 이후, 처음으로 헥터 공작의 입가에 미소가 배
었다. 공작의 뒤늦은 축하 인사에 보이텍 후작 역시 웃음으
로 응수하며 다가올 날을 기대했다.

2.

헥터 공작이 달콤한 상상에 빠져 있는 그 시각, 바율과
친구들은 준비가 한창이었다. 황실 파티에 참석하는 게 처
음은 아니지만, 오늘은 여러모로 의미가 남달랐다.

개중 가장 특별한 점이라면 오늘 파티의 주인공이 무려

바율이라는 것이었다. 황도에 비를 내린 공로로 황제가 친히 베푸는 선물인 셈이었다.

"저기, 이런 장식은 너무 튀는 게 아닐까?"

화려한 예복 차림도 차림이지만, 어깨며 가슴이며 반짝이는 장식들이 너무 많이 달렸다. 그에 바율이 부담스러워하자 일라이가 펄쩍 뛰었다.

"바율, 오늘 파티의 주인공은 너야! 주인공이 이 정도는 되어야지! 네가 이런 걸 싫어하니까 그나마 많이 줄인 거라고!"

바율은 곧 작위를 받을 귀한 몸이었다. 당연히 그에 마땅한 복장을 갖춰야 한다며 일라이가 직접 스타일링에 나선 것이 문제였다.

"정령들은 아직도 고생 중인데 이래도 되는 건지 모르겠어."

밖에는 여전히 주룩주룩 비가 내리고 있었다. 몇 번의 경험을 통해 정령들이 오랜 시간 힘을 사용하면 탈진하게 된다는 걸 잘 알기에 이번에는 아예 시간을 지정해서 움직이고 있었다.

어제는 첫날이고 보는 이들이 있어 의도적으로 많은 기운을 쏟아 냈다.

하지만 밤사이 사람들이 잠든 틈을 타서 정령들도 휴식을 취했다. 이제보다 빗줄기는 다소 약해졌지만, 멈추지 않고 내리는 비로 인해 시민들은 안심했다. 이노센트 역시 힘의 소진을 줄이자 훨씬 수월하게 일을 해낼 수 있었다.

오랫동안 기근이었으니 적어도 일주일 정도는 계속 비를 뿌리는 것이 중요했다. 그 시간 동안 녀석들이 잘 버텨 주기를 바랄 뿐이다.

"다 끝난 후에 칭찬해 주면 되겠지. 원래 정령들이 하는 일이 그런 거라면서? 그리고 지금 네가 정령들 걱정할 때냐?"

"…어?"

"왜 그렇게 어리벙벙한 반응인데? 설마 생각 못 한 거야?"

"뭘 생각해?"

"잠시 후면 시달릴 너 자신 말이야."

"시달린다고? 내가?"

일라이의 말뜻을 바율이 제대로 파악하지 못하자 친구들이 약속이라도 한 듯 일제히 고개를 가로저었다.

"정령들 때문에 잠깐 바보가 되었구나."

"바율, 넌 가뭄으로 고통받는 이곳에 비를 내린 장본인이야. 황궁 밖에까지 벌써 소문이 쫙 퍼졌다고. 사람들이 널 가만히 두겠냐?"

"네가 아무 짓을 안 해도 란데르트 공작 전하의 아들이라는 이유만으로 궁금해하는 자들이야. 근데 이제는 거기에 정령사라는 것까지 더해졌다고."

"감당할 자신 있는 거지?"

"오늘은 나도 시선을 빼앗는 게 영 힘들 것 같거든."

일라이의 미모에 잠시 현혹될 수는 있어도 바율에 대한 관심을 돌리기에는 역부족일 것이다. 비를 내린 일은 그만큼 엄청난 사건이었다.

"…안 가면 안 되겠지?"

친구들의 설명을 듣다 보니 바율은 더럭 겁이 났다. 남들의 시선을 받는 것은 쭉 있던 일이고 앞으로도 계속되겠지만, 익숙해지는 날은 영원히 오지 않을 듯했다.

일라이처럼 즐길 수 있다면 참 좋을 텐데, 바율의 성격상 그건 몹시 어려운 일이었다.

이대로 시간이 멈췄으면 좋겠어.

그런 능력이 없다는 게 지금처럼 안타깝기는 처음이었다.

3.

금번 황실 파티는 그 어느 때보다 성대하고 화려하게 치러졌다. 긴 세월 라이벌 관계였던 드와이어트 제국을 결국 무너트렸고, 수년간 황도를 괴롭히던 가뭄에서 마침내 벗어났으며, 이전에는 들어 본 적도 없는 귀한 정령사까지 얻었다.

제국의 연이은 겹경사에 잔뜩 흥이 취한 황제는 아낌없이 국고를 풀라는 특별 지시를 내렸다.

승전을 축하하고자 방문한 각국의 수많은 사절단과 바율에 대한 소문을 듣고 황궁으로 몰려든 귀족들로 인해 베르가라는 며칠째 밤에도 등불이 꺼지지 않았다.

"바율 공자님, 하면 정령이라는 것이 우리 인간처럼 웃거나 울며, 화도 낸다는 말씀입니까?"

"그렇습니다. 정령마다 성격도 제각각이지요."

"무척 놀랍군요. 그런 생명체가 이 세계에 존재할 줄은 정녕 꿈에도 몰랐습니다."

"참으로 대단하십니다! 정령을 마음대로 부리는 정령사라니, 과연 란데르트 공작 전하의 아드님이시네요!"

"아닙니다. 과찬이십니다."

바율은 고개를 저으며 어색하게 웃었다.

무한 반복이라고 해야 할까?

다가와 말을 거는 사람들만 바뀔 뿐, 오가는 대화는 대부분 비슷했다.

비를 어떻게 내린 것이냐.

정령이 무엇이냐.

역시 란데르트 공작의 아들답다.

마치 누군가 그렇게 묻고 감탄하라고 질문지라도 나눠 준 듯 천편일률적이었다. 처음엔 그들을 어떻게 이해시켜야 할까, 고민하며 답하던 바율도 같은 상황이 거듭되자 절로 기계적인 답변이 흘러나왔다.

지루하기만 한 파티장에서 탈출하고 싶은 마음이 굴뚝같았지만, 그것은 황제의 호의를 거절하는 의미와도 같았기에 꾹 참아야만 했다.

"바율."

그때 구원자가 나타났다. 린데만 황태자가 등장하자 바율 곁에 있던 이들이 전부 예를 취하며 스르륵 물러났다.

"황태자 전하 오셨습니까."

바율도 허리를 숙이며 린데만 황태자에게 정중히 예를 올렸다.

"많이 힘들지?"

"아닙니다."

"아니긴 뭐가 아니야. 네 얼굴에 다 쓰여 있거든?"

"…그렇게 티가 납니까?"

바율이 걱정하는 기색을 비치자 린데만 황태자가 풋 웃음을 터뜨렸다.

"염려 마. 난 친구니까 알 수 있는 거지, 다른 사람들이 눈치챌 정도는 아니야. 오면서 보니까 잘 상대하고 있던데, 뭐."

"그렇게 보이셨다니 다행입니다. 실은 정말 도움이 절실했거든요. 같은 말만 계속해서 반복하니 제가 무슨 말을 하는지도 잘 모를 지경입니다."

초반에는 친구들이라도 옆에 있었는데, 지금은 다들 질려 도망치고 없었다.

"궁금하니까. 정령을 직접 본 적이 있는 나도 아직 궁금한 것투성인데 다른 사람들은 오죽하겠어? 이참에 아예 책을 쓰는 건 어때?"

"책이요?"

"응, 불티나게 팔릴 것 같은데. 참고로 나도 사서 볼 생각이야."

린데만 황태자의 말은 반은 농담, 반은 진담이었다. 정령에 대해 나중에 자세히 알려 주겠다던 바율이 대전에서 짧은 설명을 한 후에 비를 내렸을 때, 그는 온몸에 소름이 돋았다.

비로소 가뭄에서 해방되었다는 기쁨도 잠시였다. 이런 인재가 제국의 국민이라는 게, 그것도 바율이라는 것에 감사하고 또 감사했다.

그는 막강한 무력을 지니고서도 황제인 아버지를 진심으로 섬기는 란데르트 공작의 성품을 어린 시절부터 존경해 왔다.

그런 공작의 아들인 바율은 아버지의 인품을 그대로 빼다 박았다. 더욱이 그의 목숨을 살려 준 전적까지 있었다.

자연을 조율하는 엄청난 능력의 소유자가 바율이라는 건 신이 내린 축복이라고 황태자는 생각했다.

"흐음…… 평소라면 제가 감히 어찌 책을 쓰겠냐고 답하였겠지만, 며칠을 시달리다 보니 진지하게 한번 고민해 봐야 할 것 같네요. 황태자 전하께선 어떻게 매번 귀족들을 다 상대하시는지, 진정 대단하십니다."

"나도 피곤하긴 해. 근데 지금 문제는 그게 아니야."

"문제요?"

"저기. 누가 오고 있네."

바율이 돌아보자 친구를 버리고 도망을 택했던 녀석들이 돌아오고 있었다.

"날씨를 가지고 에이단과 내기를 했던 거 기억하지?"

"아, 네……."

황도에 봄비가 내릴 것이다, 아니다를 두고 에이단과 황태자가 내기를 했었다. 당시엔 이렇게 될 거라는 걸 전혀 생각도 못 했는데, 어쩌다 보니 결국 에이단의 말대로 되어 버렸다.

"저 녀석이 어떤 소원을 말하려나?"

"글쎄요…… 워낙 특이한 녀석이라 저도 잘…….''

"일말의 책임이 있다는 건 알고 있지?"

"…송구합니다."

본의는 아니었지만 바율은 딱히 변명할 거리가 없었다. 에이단이 이번 기회에 황태자에게 무엇을 받아 내려 할지 별안간 걱정이 든다.

"송구하면 알아봐 줘. 에이단이 원하는 게 뭔지 말이야."

"제가요?"

"어, 왠지 에이단에게 직접 들으면 뒷목 잡을 것 같거든."

그럴 가능성은 충분했다. 역시 사람을 꿰뚫어 보는 능력 하나는 타고났다.

"내가 내리는 첫 임무야. 꼭 알아 오기다. 알겠지?"

"설마 도망치시는 겁니까?"

"겸사겸사? 헤이즈 경과 약속이 있어."

"아."

린데만 황태자의 얼굴에 이제껏 보지 못했던 환한 미소가 피었다. 헤이즈 경을 떠올리는 것만으로도 행복해하는 모습에 바율도 픽 웃음이 새어 나왔다.

"그럼 나중에 봐."

"어어? 황태자 전하!"

에이단이 도착하기 직전, 린데만 황태자가 윙크를 날리며 바람같이 사라졌다.

"야, 너희들 봤냐? 지금 황태자 전하 나 보고 피하신 거 맞지?"

"나는 네가 하다 하다 황태자에게까지 사기를 쳤다는 게 놀랍다."

"사기라니?"

일라이의 막말에 에이단이 턱을 치키며 실눈을 떴다.

"봄비를 걸고 내기를 했잖아. 넌 바율이 정령사라는 걸 알았지만, 황태자는 몰랐고. 그게 사기지 뭐냐?"

"원래 내기라는 게 실력으로 승부가 나는 법이거든? 정보를 아는 것도 실력이야!"

"아아, 그러세요? 그래서 슈빅에게도 100쿠나를 뜯어내려고 사기를 치셨어요?"

"이 자식이 왜 자꾸 사기래? 바율, 퀸, 로건. 너희도 말 좀 해 봐. 내가 사기 친 거냐? 그래?"

"호오, 대레오네트 백작가의 차남께서 무슨 사기를 치셨나?"

갑자기 불청객이 나타난 것은 그때였다. 익숙하다면 익숙하기만, 오랫동안 듣지 못했던 비음 섞인 목소리. 그 음성의 정체는 다름 아닌 자레드였다. 녀석이 새로운 똘마니들과 함께 그들에게로 걸어왔다.

"뭐야? 네가 여기 왜 있어?"

꼴 보기 싫은 면상을 눈앞에 마주하자 절로 인상이 찡그려졌다. 거만한 말투 하며 비릿한 눈빛이, 척 보기에도 녀석은 하나 변한 게 없었다.

"옛 친구가 반갑지도 않은가 봐? 황궁 안인데, 우리 예의는 좀 차리지?"

"하핫, 예의? 네 입에서 그런 어울리지 않는 단어가 나올 줄이야. 그새 개과천선이라도 하셨나?"

에이단이 대놓고 코웃음을 치자 자레드의 이마에 가는 힘줄이 돋아났다. 예전이라면 죽고 싶어 환장했냐며 상스러운 말을 내뱉고도 남았을 녀석이었거늘, 아무래도 주변에 보는 눈들이 많으니 참는 눈치였다.

"여긴 마르세이 아카데미에서 새롭게 만난 친구들이야. 인사해."

자레드가 답지 않게 미소까지 지으며 똘마니들을 소개했다. 모르는 사람이 보면 정말로 옛 친구들에게 반갑게 인사하는 모양새였다.

"참, 바욜. 축하한다. 비를 내린 공로로 곧 작위를 받을 거라면서? 대단하다! 네가 내 친구라는 게 자랑스러워!"

"무슨 수작질이야? 돌았냐?"

"에이단."

다혈질인 녀석이 더 험한 말을 하기 전에 바율이 급히 에이단의 팔을 붙들며 한 걸음 앞으로 나섰다. 또 무슨 꼼수를 부리려고 이러는 것인지는 모르겠으나, 대충이라도 상대는 해 줘야 할 듯했다.

"고마워, 자레드. 네가 날 자랑스러워하다니 뜻밖이다."

"친구가 황제 폐하께서 직접 하사하시는 작위를 받게 되었는데 당연히 자랑스럽지. 축하한다는 말을 전하고 싶어서 아까부터 얼마나 기다렸다고."

"…그랬어?"

"내 차례가 한참이 지나도 안 오기에 포기하고 돌아가야 하나 싶었는데 다행이다."

자레드와 이렇게 정상적이고 평범한 대화가 가능하다는 게 놀라웠다. 웃긴 건 다른 이들에게서 수백 번도 넘게 들은 얘기인데, 자레드의 입을 통해서 듣자 매우 징그럽게 느껴졌다는 점이다.

"너를 정령사라고 부른다지?"

"맞아."

"진짜 굉장한 것 같아! 사람이 자연을 제어할 수 있다니, 난 정말 상상도 못 했어!"

네가 그렇게 말할 줄은 나 역시 상상도 못 했어.

바율은 애써 말을 삼가며 서먹하게 웃어 보였다.

"비를 내리게 하는 거 말고 또 어떤 게 가능해? 혹시 여기서 보여 줄 수 있니?"

결국 이거였나?

녀석의 음성이 점점 커지기에 어느 정도 예상은 했다. 사람들의 관심을 끌어모아 상대를 괴롭히고, 그러다 결국 본인이 망신을 당하는 것. 자레드의 특기라면 특기였다.

주변의 웅성거림이 커졌다. 그도 그럴 것이 비를 내렸다는 말만 들었지, 그 모습을 직접 본 자는 여기 아무도 없었다. 줄을 서 가며 바율에게 한마디씩 말은 걸었지만, 감히 보여 달라는 말은 누구도 하지 못했다.

바율은 란데르트 공작의 아들이었고, 며칠 후면 최연소의 나이로 직접 관직과 작위를 하사받을 몸이었다. 해서 궁금해도 청할 수가 없었다. 혹여 무례하다 여길까 봐 다들 몸을 사리며 조심한 것이다.

한데 자레드가 이리도 간지러운 곳을 긁어 주니 그들이 어찌 동요하지 않을 수 있겠는가. 이윽고 둘을 중심으로 사람들이 몰려들기 시작했다.

바율은 당황하지 않았다. 자레드의 꿍꿍이에는 이미 이골이 나 있었다. 보나 마나 자신이 정령사인 것을 믿을 수 없어서 시험해 보려는 의도였다.

"보고 싶니?"

"당연하지! 볼 수 있다고 생각하니 심장이 엄청 빠르게 뛴다!"

녀석의 말에 동의한다는 듯 여기저기서 고개를 끄덕이는 사람들이 보였다.

"음, 어떤 걸 보여 주면 되려나……."

바율은 부러 과장되게 주변을 둘러보았다.

"아! 자레드, 너 술 좋아하지?"

"…술?"

"그래, 나 캐링스턴에 입학했을 때 네가 신고식이라면서 강제로 블러드 오브 드래곤을 먹였었잖아. 그때 넌 맥주를 마시면서 역시 술은 맥주가 최고라고 했던 거, 기억 안 나?"

갑자기 그 얘기는 왜 꺼내는데?

당황한 자레드가 차마 대꾸는 못 하고 바율을 쏘아보기만 했다.

"어디 보자. 근데 여기에 맥주는 안 보이네. 와인도 괜찮지?"

바율이 싱긋 웃으며 셰임과 이노센트에게 부탁했다. 그러자 곧바로 근처 화분이 들썩거리더니 나무뿌리가 꿈틀거리며 기어 나왔다.

"으앗!"

놀란 사람들이 비명을 내지르며 다급히 몸을 피했다. 나무뿌리는 그에 아랑곳없이 목표를 향해 나아갔다. 그것이 당도한 곳에는 유리로 만들어진 투명한 와인 잔이 놓여 있었다.

"헉! 나, 나무가 와인 잔을 집었어!"

마치 사람의 손가락이라도 된 양 나무뿌리가 와인 잔을 사뿐하게 잡았다. 그러곤 쭈욱 더 길게 늘어나더니 자레드의 얼굴 앞에 와서야 그 움직임을 멈췄다.

이번에는 이노센트의 차례였다. 테이블에 놓여 있던 와인 병에서 별안간 붉은 액체가 솟구쳤다. 그것은 곧 허공에 둥실 뜬 채로 붉은 궤적을 그리며 날아와 와인 잔을 채웠다.

"자, 마셔."

경악한 표정으로 부들부들 떨고 있는 자레드에게 바율은 친절하게 와인을 권했다.

"설마 이걸로 부족한 거야?"

"바율, 넌 무슨 그런 당연한 말을 하냐? 이 자식 말술인 거 잊었어? 그것 때문에 아카데미에서도 잘린 거잖아!"

일라이가 모두에게 들릴 듯 커다랗게 외치며 끼어들었다.

"설마 마르세이 아카데미에서도 아지트 만들어서 몰래 술 먹고 도박하고, 그러는 거 아니지? 네 아버지께서 아시면 얼마나 상심이 크시겠냐? 하나뿐인 아들이 계속 사고만 치면 안 되지. 안 그래, 에이단?"

"그럼, 안 되고말고. 떼 지어 다니면서 약한 애들 괴롭히는 것도 그만해야지."

"너, 너희…… 지금 뭐 하는 짓들이야?"

이토록 많은 사람들 앞에서, 그것도 타국의 사신단과 제국의 내로라하는 귀족들이 있는 황궁에서 자신의 과거가 폭로되자 자레드가 당황하며 말까지 더듬거렸다.

"뭐 하기는, 친구에게 조언을 좀 해 주는 거지."

그러니까 얌전히 있는 우리를 왜 건드려?

지금 미치고 환장하겠지?

에이단은 싱글거리며 마지막으로 한마디를 더했다.

"참, 나한테 했던 것처럼 애먼 사람 도둑으로 몰지도 마라. 그때 나 진짜 억울했거든."

"…내, 내가 언제 널 도둑으로 몰았다고 그래!"

뒷조사만 살짝 해도 금방 알아낼 수 있는 사항이지만, 여기서 그걸 인정할 수는 없었다. 자레드는 일단 오리발을 내밀었다.

하나 오늘 이곳엔 캐링스턴 아카데미의 재학생을 자녀로

두고 있는 부모들이 상당수 참석했다. 그들이 당시 아들딸들에게 들었던 내용을 상기하며 쑥덕거렸다.

제국의 제일가는 부자 가문인 레오네트 백작가의 차남에게 도둑이란 누명을 씌우려 했던 자레드의 과거 행적은 마치 한 편의 희극처럼 기승전결을 가지고 파티장 구석구석으로 퍼져 나갔다.

덕분에 바율은 오늘 처음으로 사람들의 시선에서 벗어났다. 묻힐 뻔했던 자레드의 악행이 엉뚱한 곳에서 드러나면서 연회장이 순식간에 시끌시끌해졌다.

자레드의 얼굴이 사색으로 질렸다. 그 순간 녀석의 머릿속에는 한 가지 울림뿐이었다.

'아버지……!'

이제 겨우 아버지와의 관계를 회복하였는데, 모든 게 물거품이 되고 말았다.

사실 자레드의 목적은 바율이 거짓말쟁이라는 것을 밝혀내는 것이었다.

사람이 자연을 조종한다는 얼토당토않은 얘기를 믿는 자들에게, 그들이 얼마나 멍청한지를 일깨워 주려고 했다. 그래서 아버지에게 칭찬받고 싶었다.

그런데 모든 게 틀어졌다. 본전도 못 찾고 자신만 만신창이가 되었다. 가뜩이나 의장직에서 물러나시게 되어 신경이 날카로운 아버지신데, 이 일까지 귀에 들어간다면 크게 경을 치를 것이다.

'도망쳐야 해!'

잡히기 전에 최대한 멀리 도주해야 했다. 이번에 걸리면 다리든 팔이든 어느 한쪽은 무사하지 못할 게 분명했다.

"이, 이만 가 봐야겠어! 다, 다음에 다시 얘기하자!"

기세등등하던 처음과 달리 자레드가 꽁지 빠지게 내뺐다. 그런 그의 등 뒤로 혀를 차며 한심해하는 눈길들이 날아가 꽂혔다.

"저 자식은 어떻게 변한 게 하나도 없지? 외려 더 망가진 것 같지 않냐?"

"인간이 갑자기 변하면 죽을 때가 된 거라고 하던데?"

"넌 드래곤 주제에 은근 주워들은 게 많더라? 이사장님이 가르쳐 주신 거냐?"

"내가 왜 그자한테 이런 걸 배우냐? 혼자 터득한 거거든!"

그러고 보니 어제까지만 해도 파티에 참석해서 미모를 있는 대로 뽐내던 라예가르가 어째선지 오늘은 보이지 않았다. 일라이와 부자지간이라는 사실이 알려지면서 잠시지만 모두를 혼돈에 빠뜨리기도 했었다.

"넌 괜한 말을 꺼내서 사람 기분을 잡치게 하냐?"

"사람 아니잖아."

"이 씨, 말꼬리 잡을래?"

일라이와 에이단의 언성이 높아지자 로건이 슬그머니 둘 사이를 비집고 들어가 양측의 시야를 차단했다. 다시금 관심이 그들에게로 향하려 했기 때문이다.

"바율, 와인 잔도 이제 치워야 하지 않을까?"

자레드가 사라지고 난 후로도 나무뿌리는 꼿꼿하게 서서 와인 잔을 들고 있었다.

'셰임, 이제 그만해도 돼요.'

바율의 명에 그제야 나무뿌리가 스스슥 원래대로 되돌아갔다. 물론 화분 속으로 완전히 모습을 감추기 직전, 와인 잔을 테이블에 안전하게 내려놓는 것도 잊지 않았다.

비를 내린 것에 비하자면 아무것도 아니었지만, 다들 처음 보는 괴이한 장면에 거듭 놀라며 바율을 경이롭게 쳐다보았다.

4.

"저 아이는 여전하군요. 못된 짓을 하는 게 제 아비를 쏙 빼닮았습니다."

파티가 한창인 홀이 훤히 내려다보이는 이 층의 한편. 멀어지는 자레드를 바라보며 프리실라 황태후가 안타까운 듯 고개를 저었다.

"오래간만에 나오셨는데 좋지 못한 걸 보여 드렸습니다."

자신의 잘못도 아니거늘 란데르트 공작이 죄스러운 표정을 짓자, 황태후가 당치 않다며 손사래를 쳤다.

"란데르트 공작 덕분에 이 늙은이가 좋은 구경을 하였는데, 그게 무슨 말씀이신가요?"

"좋은 구경이요?"

"바율이 정령을 부리는 것 말입니다. 나무가 움직이고 와인이 날았으니, 땅의 정령과 물의 정령이 한 일이겠지요?"

"그사이 정령에 대해 공부라도 하셨나 봅니다?"

란데르트 공작의 말에 프리실라 황태후가 웃음을 터뜨렸다.

"맞습니다. 손자를 붙잡고 묻고 또 물어봤지요. 나는 지금도 가뭄이 끝났다는 게 믿기지가 않습니다. 그대의 아들은 신께서 우리 제국에게 내려 주신 보물임이 분명합니다. 이런 시국에 정령사가 나타난 것은 절대 우연이 아니에요."

지금도 빗줄기가 창문을 두드리고 있었다. 그 아름다운 자태에 프리실라 황태후는 다시 한번 감격했다.

"고맙습니다, 란데르트 공작."

"제가 한 게 뭐가 있다고 그런 말씀을 저에게 하십니까."

"그대의 아들이지 않습니까? 비를 내린 인물이 저 아이라서 얼마나 다행인지 모릅니다."

만일 자레드와 같은 헥터 공작 측의 사람이었다면 가뭄에서 벗어나고서도 온전히 기뻐할 수 없었으리라. 란데르트 공작은 여러 가지로 그녀에게 고마운 이였다.

"그대는 내가 유일하게 신뢰하는 사람이에요. 내 손자를 부디 잘 부탁합니다."

"꼭 어디 먼 곳에 가시기라도 할 것처럼 말씀하십니다. 그리고 황태자 전하를 모시는 것은 제게는 당연한 일이니 그런 부탁이라면 하지 않으셔도 됩니다."

"카트린느, 그 아이가 임신을 하였습니다."

"……!"

황태후의 갑작스러운 말에 란데르트 공작은 깜짝 놀랐다.

"아직 초기라서 폐하께도 고하지 않은 듯하더군요."

"한데 황태후께서 어찌……?"

"홋, 폐하께 아뢰지도 않았는데 이 뒷방 늙은이가 어찌 알았냐고요? 죽을 날이 얼마 남지 않은 신세지만, 이래 봬도 내가 이 황궁의 여인네 중 가장 큰 웃어른입니다. 후궁들의 일거수일투족을 꿰고 있어야 하는 것이 바로 내 일이지요. 아마 그 아이는 내가 안다는 사실도 모를 겁니다."

미소 짓고 있지만, 어느새 프리실라 황태후의 두 눈에는 수심이 가득했다. 카트린느 영애가 혹여나 황자를 생산할까 봐 두려운 것이었다.

황제인 그녀의 아들은 아직 젊고 창창했다. 황위를 물려줄 시기에는 카트린느 영애가 낳은 자식도 어엿한 성년일 수 있었다. 그로 인해 린데만 황태자의 자리가 위태롭게 되는 것은 아닐지, 황태후는 그 점이 벌써부터 걱정이었다.

"만약 황자를 낳는다면 후궁에서 황비로 그 위치가 격상될 겁니다. 지금 황후는 힘이 없어요. 내가 죽고 나면 카트린느 영애의 영향력이 더욱 세질 겝니다."

베아트리체 황후는 정실이긴 하나, 그녀에게서 난 자식은 그레이스 공주가 유일했다. 원래도 정치에는 소질이 없거니와, 자신의 친자도 아닌 린데만 황태자를 위해 나설 리가 만무했다.

란데르트 공작은 딱히 반박할 수가 없었다. 황태후의 말처럼 장차 내궁을 손아귀에 쥘 인물은 카트린느 영애가 될 가능성이 높았다.

그녀는 아비인 보이텍 후작을 닮아 야망이 큰 여인이었다. 정치적 감각 역시 탁월해서 대신들 사이에서 요주의 인물로 주목받기도 했다.

"지금으로선 공주님이기를 바라는 수밖에는 없겠습니다."

억지로 아이를 떼어 낼 수는 없으니 그게 최선이었다.

"카트린느 영애는 아직 젊습니다. 이번에 황녀가 나온다고 해도, 황자를 낳을 기회는 많고 또 많겠지요."

그래서 새장가 가는 것을 그리 반대했건만, 여인에게 홀딱 빠져 버린 아들의 마음을 되돌리는 데는 끝내 실패했다.

"너무 염려치 마십시오. 황태자를 바꾸는 것은 그리 만만한 작업이 아닙니다."

"헥터 공작이 의장직에서 내려왔다지요? 이번 기회에 그들 무리를 도당에서 싹 밀어내면 내 마음이 한결 편해질 듯합니다."

"지금 제게 명을 내리시는 겁니까?"

"명이 아니라 부탁입니다."

프리실라 황태후가 간절함을 담아 대답했다. 그런 벗을 향한 란데르트 공작의 눈빛에 안쓰러움이 감돌았다. 지난 날 굳세고 기개가 넘쳤던 여인은 어디 가고, 병색에 근심이 가득한 노파만이 자리하고 있었다.

세월이라는 것이 이리도 야속하단 말인가.

그녀의 걱정을 조금이라도 덜고자 공작이 약속했다.

"황태후께서 염려하시는 일은 제가 살아 있는 한 절대 일어나지 않을 테니 안심하십시오. 폐하께서도 린데만 황태자 전하를 인정하고 계시지 않습니까. 쓸데없는 걱정은 건강만 악화시킬 뿐입니다."

"이 늙은이가 또 주책을 부린 겝니까?"

요즘 자주 징징거렸음을 스스로도 잘 알고 있었다. 안 그래야지 하면서도 란데르트 공작만 보면 절로 그리되는 것을 보니 자신이 늙긴 늙었다는 걸 실감하게 된다.

"부담을 주었다면 미안합니다."

"어찌하여 제게 사과를 하십니까? 충분히 이해하니 괘념치 마십시오."

"그리 말해 주니 고마울 따름입니다. 그래도 이렇게 얘기를 하고 나니 속이 좀 편안해진 것 같긴 합니다. 이 늙은이를 위해서라도 자주 좀 와 주세요. 내가 살면 얼마나 더 살겠습니까."

"그리하겠습니다."

처리해야 할 일들이 산처럼 쌓여 있지만, 란데르트 공작은 별다른 말 없이 그러겠노라 악그했다. 그녀의 마지막 가는 길에 조금이나마 위안이 될 수 있다면 벗으로서 그 의무를 다할 참이었다.

"작위 수여식이 모레로 잡혔다고 들었습니다. 그대의 아들에게 축하한다고 꼭 전해 주세요. 앞날에 좋은 일만 가득하기를 바란다고도요."

다시금 귀족들에게 둘러싸이는 바율을 내려다보며 프리실라 황태후가 온후한 미소를 지었다.

그로부터 이틀 후.

황궁 베르가라에서 많은 이들이 지켜보는 가운데 바율의 작위 수여식이 거행되었다.

열일곱의 나이로 해일과 지진을 막아 내고, 황도의 오랜 가뭄까지 해결한 바율에게 주어진 작위는 무려 '백작'이었다.

함께 내려진 관직은 이번에 새로이 개설된 기관의 수장 자리로, 직함은 '특무대신'이었다. 재난을 막아 내는 곳으로써, 오로지 황제의 명만 받드는 특수 관직이었다.

학생 신분인 것 또한 감안하여 되도록 학업에 지장이 없는 선에서 명을 수행토록 하라는 황제의 배려가 같이 떨어졌다.

바율 로마노프 혼 란데르트 백작.

황제 직속의 특무대신.

이 시대의 위대한 첫 번째 정령사.

얼마 전까지만 해도 그저 란데르트 공작의 아들이라고만 불리었던 바율에게 새로운 호칭이 세 개나 더 생겨났다.

바율은 몰랐지만, 앞서 거론한 것 말고도 많은 수식어와 함께 그의 이름이 이미 대륙 전역으로 퍼져 나가고 있었다.

란데르트 공작의 예견대로 진짜 전설이 이제 막 시작되었다.

Chapter 5.
어머니

1.

오랜 가뭄에서 해방되어 연이은 축제가 벌어지고 있는 황도보다 더욱 시끌벅적한 도시가 있었으니, 바로 바율의 고향 해밀턴이었다.

북부 제일의 도시, 해밀턴의 시민들은 잇달아 들려온 기쁜 소식에 너도나도 뛰쳐나와 만세 삼창을 외쳤다.

해밀턴에 산다는 게 이토록 자랑스러울 수가 없었다. 시민들은 거리로 몰려나와 나라에 혁혁한 공을 세우고 나란히 돌아온 두 부자를 열렬히 환영했다.

도시를 괴롭히던 장마를 멎게 한 인물이 실은 바율이라는 사실이 뒤늦게 알려지면서 란데르트 공작가를 향한 경애심은 그야말로 절정에 이르렀다.

최연소의 나이로 황제에게 친히 관직과 작위를 하사받은 바율을 축하하는 파티가 해밀턴에서도 열렸다. 특별한 날이니만큼 본성은 물론이요, 시내 곳곳까지 갖가지 음식과 술이 성대하게 풀렸다.

황제가 바율에게 내린 것은 관직과 작위만이 아니었다. 땅과 포상금, 거기에 대륙 각국에서 제국으로 보내온 귀한 특산품까지 대거 하사하였다. 바율은 개중 일부를 기꺼이 영지민들을 위해 내어놓았다.

바율의 통 큰 배려에 시민들은 열광했고, 란데르트 백작의 미래를 축복하며 밤낮없이 축제를 즐겼다.

"여기 만두 열 개 추가!"

데스가 마지막 남은 만두를 통째로 입에 넣으며 크게 외쳤다. 해밀턴에 오면 먹을 게 없어서 늘 불만이었던 그였거늘, 비가 멈춘 후로는 입이 계속 호강 중이었다.

"캬! 맛 좋다!"

가국에서 가져왔다는 술과 만두의 궁합이 가히 기가 막혔다. 귀로는 신나는 음악이 들려오고 좋은 술에 맛난 음식을 먹고 있으려니, 데스에게는 이곳이야말로 지상 낙원이었다.

"쯧쯧, 완전 술꾼이로구먼. 대체 몇 병째야?"

그런 데스를 일라이가 못마땅하다는 듯 흘겨보며 끌끌 혀를 찼다.

"술 취해서 난동만 피웠단 봐라. 내가 오늘은 진짜 가만 안 있을 테니까!"

"라이, 그냥 둬. 오늘은 먹을 게 차고 넘치는 날이잖아. 데스는 저게 사는 낙이야."

"바율, 넌 저 마족 놈 입으로 하사받은 음식들이 들어가는 게 아깝지도 않냐? 저 술도, 이름이 뭐라더라? 고 뭐라고 했는데. 아무튼 엄청 귀한 거라고 했어. 안 그러냐, 퀸?"

"한 병에 200쿠나 정도 한다고 아까 에이단이 말했었지, 아마?"

"요즘 물가로는 250쿠나야."

심드렁한 퀸의 답변 뒤로 로건의 음성이 이어졌다.

네가 그걸 어떻게 아는 건데?

친구들의 의아해하는 시선에 로건이 덧붙였다.

"아버지께서 좋아하시거든."

그때 바르가 만두를 들고 나타났다. 밀려드는 주문으로 주방에서 바쁜 나날을 보내고 있었지만, 데스의 음식만큼은 반드시 제 손으로 만들어서 서빙까지 완벽하게 해냈다.

"형님, 이번에는 고기 양을 두 배로 늘려 봤습니다. 드셔 보십시오!"

바르는 요새 한창 칭찬받는 재미에 빠져 있었다. 매일을 남은 팔도 잘라 버리겠다는 협박과 구타에 시달리다가, 이제 마계로 돌아가도 안심이라는 둥 진정한 요리사가 되었다는 둥의 찬사가 쏟아지니 지난날 고생했던 순간이 기억에서 전부 잊혔다.

"오, 육즙이 제대로구나!"

데스가 뜨거운 김이 모락모락 오르는 만두를 눈 하나 깜짝 않고 오물오물 씹으며 감탄을 내뱉었다. 그러자 바르가 덩치에 어울리지 않게 얼굴까지 붉혀 가며 배시시 웃었다.

"놀고들 있네. 여기가 무슨 지들 요리 연구소야? 눈꼴사나워서 못 봐주겠다!"

두 마족이 눈앞에서 히죽거리고 있으니 일라이로서는 기분이 상당히 불쾌했다. 친구로서 바율을 축하하기 위해 황도에서부터 흔쾌히 따라나섰건만, 이런 복병이 기다리고 있을 줄은 미처 예상하지 못했다.

그런 녀석의 속을 알기라도 한 걸까.

갑자기 서늘한 한기와 함께 마족 한정 먹이 사슬의 최강자, 리타가 등장했다.

"데스 씨! 바르! 지금 여기서 뭣들 하는 거죠?"

앙칼진 그녀의 목소리에 두 마족이 흠칫한 반면, 일라이는 속으로 '아싸!'를 외치며 리타를 반겼다.

"할 일이 얼마나 많은데 노닥거리고 있는 거예요? 바르가 잠깐씩 자꾸 사라져서 어디를 가나 했더니, 일은 안 하고 여기서 몰래 놀고 있었던 거예요? 지금 제정신이에요?"

"스승님, 논 것이 아니라……."

"잠깐만요!"

바르의 변명을 제지하며 리타가 테이블로 성큼 다가왔다. 처음엔 그저 놀란 표정이었던 얼굴이 지금은 서서히 분노로 점철되고 있었다.

"설마 이걸 다 먹은 거예요? 데스 씨 혼자서?"

"이 술 말인가? 어! 맛이 완전 예술이던데?"

분위기를 파악하지 못하고 천진하게 대꾸하는 데스를 바라보며 바율은 빈 술병을 치우지 못한 걸 뒤늦게 후회했다. 리타가 얼마나 대로할지 뻔했기 때문이다.

아니나 다를까.

"다, 당신 미쳤어? 이게 어떤 술인데 다섯 병씩이나 처마셔!"

분노로 리타의 몸이 부들부들 떨렸다.

"하인 주제에 농땡이를 핀 것으로도 모자라서, 감히 황제 폐하께서 도련님께 친히 하사하신 술까지 마셔? 이거 당신 한 달 월급으로도 못 사는 귀한 술이라고!"

"아, 비싼 거였어?"

"단순히 비싸기만 한 게 아니라, 어디 가서 쉽게 구하지도 못해!"

이 무식한 개호로 자식아!

개념이 다소 부족하다는 걸 알고는 있었지만, 이건 정말이지 역대급이었다.

"우리 도련님이 황제 폐하께 처음으로 받으신 건데…… 어떻게…… 어떻게……!"

사람은 간혹 화가 극에 다다르면 눈물이 맺히곤 한다. 바율이 작위를 받고 처음 해밀턴에 당도한 날, 기쁨의 눈물로 맞아 주었던 리타가 이번에는 울분의 눈물을 흘리고 있었다.

고이 잘 모셔 두었다가 도련님께서 성인이 되는 날에 드리려고 계획하고 있었는데, 이 망할 인간이 어떻게 찾아냈는지 울화가 치밀었다.

"헉! 우, 울어?"

그제야 뭔가 잘못되었음을 깨달은 데스가 당황하며 목을 움츠렸다.

"스, 스승님!"

식겁한 바르가 무릎이라도 꿇을 기세로 리타의 곁에 얼른 붙어 섰지만, 매서운 눈빛 아래 한 걸음 물러났다.

"당신들……!"

꿀꺽.

리타의 가라앉은 음성에 두 마족이 긴장하며 꿀꺽 침을 삼켰다. 어떤 무시무시한 말이 튀어나올지 초조하고 불안했다.

"당분간 야식 없어!"

"뭐, 뭐라고?"

기어코 염려하던 일이 터졌다. 청천벽력과도 같은 소리에 데스가 기함하며 소리치자 리타가 쏘아붙였다.

"삼시 세끼 주는 것만으로도 고마운 줄 알아요!"

마음 같아선 물 한 모금도 주고 싶지 않았지만, 차마 한 줄기 양심상 그럴 수는 없다는 게 한스러웠다.

"스승님! 전 억울합니다!"

리타의 단호함에 데스가 차마 말을 잇지 못할 때, 바르가 항변했다.

"술은 형님 혼자서 다 드신 겁니다! 저는 음식만 가져다 드렸을 뿐이라고요! 단 한 잔도 마시지 않았습니다!"

"…진짜예요?"

"네! 여기 도련님들이 증인이십니다!"

바르가 바율과 친구들을 돌아보았다. 제발 뭐라고 말 한마디만 해 달라는 절실한 표정이었다.

그 애설함에 바율은 사기도 모르게 고개를 끄덕였다. 바르의 말이 사실이기도 했고, 한 명이라도 구제해 주자는 마음이었다.

"알았어요. 야식은 데스 씨만 없는 걸로 하죠."

"뭐야! 그런 게 어디 있어!"

수하의 배신에 분개한 데스가 폭발하기 직전, 리타의 묵직한 한 방이 날아갔다.

"그게 싫으면 오늘 저녁도 굶으시든가요."

"……!"

리타의 말투가 어찌나 싸늘한지, 바율도 움찔할 정도였다. 데스의 안색이 굳어졌다. 여기서 더 나섰다가는 야식에 저녁만 못 먹는 게 아니라 아예 쫓겨날 수도 있겠다는 불길함이 그를 사로잡았다. 그렇다고 이대로 야식을 포기할 수도 없다.

생각은 잠시였다. 마계의 총사령관답게 데스가 위기를 모면하기 위해 발 빠르게 대처했다.

"미안. 내가 실수했다. 지금 당장 청소하러 갈게. 어디부터 할까? 이 층? 계단? 옥상?"

"그걸 왜 나한테 물어요? 알아서 하시죠."

"지금 제일 더러운 데가 어디지? 거기부터 하는 게 좋겠다! 그치?"

"가장 더러운 곳이라면 마구간 아닌가? 어제부터 말똥 냄새가 엄청나게 진동하던데."

일라이가 터져 나오는 웃음을 가까스로 참으며 끼어들었다. 그에 데스가 당장이라도 죽일 것처럼 녀석을 노려보았지만, 거기까지였다. 더는 리타를 자극해서는 안 되었다.

"라이 도련님 말씀 들었죠? 이따가 확인하러 갈 거니까 말끔하게 치워 놓으세요! 이번에도 농땡이 치면 그땐 정말 각오해야 할 거예요!"

리타가 마지막 경고를 날리고는 쌩하니 주방으로 발길을 돌렸다. 그런 그녀의 뒤를 바르가 종종거리며 따라갔고, 데스는 많은 음식을 뒤로한 채 얌전히 마구간으로 향했다.

"푸하하하!"

다시 봐도 참으로 웃긴 상황이었다. 원수 같은 마족들이 리타에게 절절매는 모습은 보고 또 봐도 질리지가 않는다. 일라이가 배꼽을 잡으며 연신 키득거렸다.

"라이, 적당히 웃어."

바율은 이러다 진짜로 데스와 일라이 간에 사고라도 날까 걱정이었다. 먹는 것과 관계된 일에는 웬만하면 부딪치지 않는 게 좋았다. 일라이가 드래곤이라고 해도 데스는 절대 봐주지 않을 것이다. 둘의 싸움은 상상이라도 하고 싶지 않았다.

"웃긴 걸 어떡하냐? 마족 놈들 때문에 배가 다 아프다. 너희는 안 재밌어?"

"난 뭐 그다지."

데스가 어떻게 되든 퀸과는 상관없는 얘기였다.

"근데 에이단은 아까부터 저기서 뭐 하는 거지?"

일라이와 달리 여태 무관심으로 일관하던 퀸이 홀로 떨어진 채 만월 기사단을 기웃거리고 있는 에이단을 턱으로 가리켰다.

"저 녀석 꿈이 뭐냐? 란데르트 공작님과 같은 기사가 되는 거잖아. 만월 기사단과 함께할 수 기회를 놓치고 싶지 않은가 보지."

"그건 로건도 마찬가지 아닌가?"

퀸이 돌아보자 로건이 어색하게 웃으며 물을 마셨다. 무슨 생각인지 굳이 말하지 않아도 알 것 같았다.

자신이 무슨 염치로 저 자리에 가서 낄 수 있겠는가. 이렇게 바율 곁에 있을 수 있는 것만으로도 감지덕지했다. 바일에 관한 일은 일단 잠시 보류하고 나중에 기회가 되면 말씀드리기로 바율과 합의한 상태였다.

"이 녀석이야 원래 조용한 걸 좋아하잖아. 난 그보다 저기에 왜 저자가 있는 건지 그게 더 이상하다!"

란데르트 공작을 비롯한 몇몇 만월 기사단 사이에서 감개무량한 시간을 보내고 있는 에이단의 옆으로 라예가르의 모습도 함께 보였다. 황궁에서 바로 오는 바람에 여기까지 동행하고 말았다.

"자기가 저 사이에서 무슨 할 말이 있다고. 아무튼 눈치도 더럽게 없어요! 낄 데 안 낄 데 구분을 못 한다니까."

하지만 그건 일라이가 몰라서 하는 소리였다. 기실 라예가르는 막 중요한 말을 하려던 참이었다.

불과 몇 분 전.

"저, 실례지만 란데르트 공작 전하께 묻고 싶은 게 있습니다."

"내게 말이냐?"

"책에서도 아카데미에서도 배웠습니다. 만월 기사단은 밤이 되면 훨씬 강해진다고요. 특히 만월이 뜬 밤의 전투에선 단 한 번도 진 적이 없다고 알고 있습니다."

"그 이유가 뭔지 궁금하다는 것이냐?"

"네, 공작 전하. 꼭 알고 싶습니다."

공작을 향한 에이단의 눈빛은 비장해 보이기까지 했다.

"이걸 어쩌지. 원하는 답을 해 주지 못해서 미안하게 되었다."

"…비밀이라는 말씀입니까?"

"훗, 아니다. 오히려 나도 그 이유를 알고 싶구나."

"그게…… 무슨 뜻입니까?"

"실은 찾아보는 숭이다. 나 역시 왜 그러한시 노르셨어서 말이지."

"란데르트 공작 전하께서도 모르신다고요?"

뜻밖의 답변에 에이단이 되물을 때였다.

"모른다고? 난 당연히 알고 있는 줄 알았는데."

라예가르가 황금색 눈동자를 빛내며 란데르트 공작을 바라보았다.

"…마치 당신은 그 이유를 알고 있다는 것처럼 들리는군요."

"물론이지."

라예가르의 대답에 란데르트 공작뿐 아니라 함께 있던 이언과 사다드까지 진심으로 깜짝 놀랐다.

그래, 왜 생각하지 못했을까?

상대는 드래곤이다.

그것도 수천 년을 살아온 고룡이자, 로드였다.

진즉에 물어볼 것을, 뒤늦은 후회가 든다.

"바율! 바율!"

에이단이 황급히 친구들을 불러 모았다.

"빨리 이리로 와 봐!"

왠지 엄청나게 중요한 말이 나올 듯했다. 이런 건 다 같이 들어야만 했다.

"뭐야? 무슨 일인데?"

갑작스러운 녀석의 부름에 바율과 친구들은 영문도 모른 채 합류했다. 에이단이 무슨 일로 이리 호들갑을 떠는지 궁금하다 못해 의아하기까지 했다.

"만월 기사단의 비밀이 곧 밝혀지려는 순간이라고!"

"비밀?"

"너희도 알지? 란데르트 공작 전하와 만월 기사단이 낮보다 밤에 강하다는 거. 그 이유를 이사장님께서 알고 계신대!"

"그건 그냥 우연이 겹친 게 와전된 거 아니었어?"

"헐, 바율! 넌 아들이면서 그게 진짜란 사실도 몰랐단 말이야?"

바율의 대꾸에 어이없다는 듯 에이단의 목소리가 높아졌다.

그럼 그게 정말이라고?

바율은 의문 서린 눈빛으로 아버지를 응시했다. 남들이 어떻게 생각할지는 모르겠지만, 이제까지 그들 부자에겐 그러한 사실이 딱히 중요하지 않았다. 대화를 나눌 만한 거리조차 되지 못했다는 말이 맞을 것이다.

아버지의 위인전을 읽어 보면 진실이 아니거나 부풀려진 정보도 많았기에 바율은 이 또한 그런 것이라고만 여겼었다.

"바율."

"네, 아버지."

"그간 기회가 없어서 말하지 못했다만, 만월 기사단이 밤이 되면 강해진다는 건 알려진 바처럼 사실이 맞다."

"…하면 그 이유가 무엇입니까?"

"그건 이 아비도 모른다. 한데 이사장님이 알고 있으시다는구나."

"당신이 그걸 안다고? 진짜야?"

일라이의 의심쩍은 눈초리에 라예가르가 빙그레 미소를 띠었다. 인정하기 싫지만, 일라이도 자신의 양부가 박식하다는 것은 알고 있었다. 녀석이 어디 그럼 얘기해 보라는 듯 턱을 들었다.

"드디어 말할 타이밍이 온 건가?"

라예가르는 부러 주위를 빙 둘러보며 뜸을 들였다. 모두의 시선이 자신에게 쏠린 상황을 즐기는 게 분명했다.

"조금 전에도 말했지만 란데르트 공작, 그쪽이 모르고 있다는 게 의외이긴 해. 이렇게 싹 다 모아 놓고 그런 소리를 하다니, 외려 황당했다고 해야 할까?"

"모아 놓았다니, 그게 무슨 뜻입니까?"

"본능적인 끌림이려나. 인간이란 역시 신기하단 말이야."

"이사장님, 좀 알아듣게 설명해 주세요. 무슨 말씀을 하시는지 하나도 모르겠습니다."

잔뜩 기대하고 있던 에이단이 인상을 찌푸리자 일라이가 '그럼, 그렇지' 하며 고개를 저었다.

"빙빙 돌려서 말하는 게 저자 특기야. 알 듯 말 듯 사람 헷갈리게 하면서 놀려 먹는 거지. 저 사악함은 백 년이 지나도 어떻게 나아지는 법이 없냐."

"킬리안, 아비가 말하는데 좀 시끄럽구나. 나 그만할까?"

"아니요! 이사장님, 계속하십시오!"

에이단은 즉시 일라이의 입을 틀어막았다. 그에 만족한 듯 라예가르가 씩 웃으며 눈을 찡긋거렸다.

"만월 기사단은 모두가 같은 피를 지니고 있다. 그들의 몸속엔 동질의 기운이 흐른다는 뜻이지. 란데르트 공작, 그대를 포함해서."

"같은 피라면 어떤……?"

"태초에 이 세계엔 각기 태양과 달의 힘을 이은 자들이 있었다. 함께 공생하던 그들은 어느 날, 어떤 연유로 다툼을 시작했다. 그 결과 승리는 태양의 힘을 이은 자들에게로 돌아갔지."

태양과 달이라고?

너무 뜬금없는 말에 다들 눈만 동그랗게 뜰 뿐 아무도 입을 열지 않았다. 여태 어디서도 들어본 적 없는 생소한 이야기였다.

"싸움에서 패배한 달의 일족은 살기 위해 어둠 속으로 숨어들었다. 그들은 복수를 꿈꾸었지만, 태양의 일족은 갈수록 강성해졌고, 그 수도 헤아릴 수 없을 정도로 많아졌지. 현재를 살아가는 다수의 인간이 그 피를 이어받았다."

"우리가요?"

"그럼 드래곤인 내가 이었을까?"

"그러니까 지금 하시는 이야기와 만월 기사단을 이어 보자면…… 만월 기사단이 달의 일족인지 뭔지, 그거라는 말씀입니까?"

잠자코 듣고만 있던 사다드가 머릿속을 정리해 묻자 라예가르가 손가락을 튕겼다.

"비슷해. 달의 일족은 태양의 일족에 밀려 점점 이 세계에서 사라지게 되었지만, 완전히 멸족되지는 않았다. 살아남기 위해 태양과 섞이는 것을 택했거든."

"섞여요? 뭐 혼혈, 그런 거 말인가요?"

"격세 유전이라고 들어 봤겠지?"

"선대의 특징이 대를 건너서 나타나는 현상 같은 거 아닙니까?"

"맞다. 피라는 게 아주 진하거든. 생존을 위해 태양의 일족이 되었지만, 달의 성질은 쉽사리 사라지지 않았지. 그수가 많지 않을 뿐, 현생에도 달의 일족은 존재한다. 그리고 아주 간혹 그 피를 짙게 타고나는 자들이 있고."

거기까지 말한 라예가르의 눈빛이 란데르트 공작에게로 향했다. 그 행동이 가리키는 바는 하나였다. 그 당사자가 바로 공작이라는 뜻이었다.

"수하들을 골라서 잘 뽑았더군. 모르고 있었다고 하니까, 아마도 그냥 느낌이었겠지?"

란데르트 공작은 부정할 수 없었다. 전혀 예상치 못한 얘기에 의아하고 당혹스러웠지만, 라예가르의 말은 틀리지 않았다.

만월 기사단 전부 그가 직접 선발했다. 그 기준에는 딱히 특별할 게 없었다. 인성과 소질, 재능 같은 걸 따지기는 하지만, 마지막 최종 선발을 결정짓는 기준은 오로지 감이었다.

만월 기사단에 들어오고 싶어 하는 자들은 많고도 많았다. 개중엔 이미 대중에게 널리 알려진 우수한 인재들도 수두룩했다.

하지만 아무리 실력자라고 해도 공작은 마음이 움직이지 않으면 수하로 거두지 않았다. 반대로 설령 능력이 좀 부족해도 마음이 동하면 받아 주었다.

한데 그 모든 게 본능적인 이끌림이었다는 것인가?

만월 기사단 전부가 같은 피를 가졌다는 건, 그가 여태 달의 일족만을 수하로 들였다는 말이었다. 진정 신기하고 기이한 일이었다.

"만월 기사단이 밤에 강해지는 건 밤이라서가 아니라 달의 힘 때문이다. 달의 정기가 세지는 만월이라면 더더욱 그 기운이 증폭되지. 이제 설명이 되었나?"

충분했다. 그동안 이유를 알기 위해 많은 돈과 시간을 투자해 가며 조사를 했었는데, 이토록 쉽고 간단하게 해결이 되었다는 게 싱겁기도 하고 후련하기도 했다.

"와, 대박! 이게 다 진짜면 기사단 이름도 정말 딱 맞게 정한 거네요?"

"그렇지. 이 시점에서 누가 그렇게 지었는지 자못 궁금해지는군."

"누가 지은 게 아닙니다."

자신의 정체성(?)에 놀라 어안이 벙벙해 있던 사다드가 나지막하게 말했다.

"언젠가부터 그렇게 불린 거지요."

십년전쟁 때 혜성 같이 나타나서 대륙의 구세주로 떠오른 만월 기사단. 사실 이전의 그들에겐 란데르트가의 기사단이라는 소속 외에 정확한 명칭이 없었다.

그때만 하더라도 란데르트 공작가는 변방의 작은 영지를 다스리는, 유명하지 않은 백작 가문에 불과했다. 어려서부터 무위에 뛰어난 소질을 보이며 일찍이 마에스터의 경지에 오른 공작이지만, 나서는 걸 좋아하는 성격이 아니다 보니 조용한 삶을 살고 있었다.

십년전쟁이라는 게 발발하지 않았더라면 아마도 현재까지 그리 지냈을 것이다.

만월 기사단이 피의 기사단, 암흑의 기사단, 새벽 기사단 등등의 많은 이름으로 불리는 까닭은 애초에 이름이 없어서인 탓도 컸다. 심지어 단원들도 지금보다 그 수가 현저하게 적었었다.

"훗, 어찌 되었든 퍽이나 잘 어울리는군."

다시 생각해도 참 재미있다는 듯 라예가르가 피식거리며 샴페인을 들이켰다.

"어울리다 뿐입니까? 완전 멋진데요!"

언젠가 란데르트 공작과 같은 훌륭한 기사가 되는 것이 에이단의 목표였다. 녀석이 만월 기사단의 감춰져 있던 뒷이야기에 완전히 흥분해서는 벌게진 얼굴로 소리쳤다.

"별의 기사와 달의 군주. 이 또한 공작 전하와 기사단원 분들에게 딱 들어맞습니다! 저도 나중에 누군가 이렇게 멋진 별호를 알아서 지어 주넌 뜽을 낏 긑이요! 우쇠, 생각만 해도 짜릿하다! 안 그러냐, 애들아?"

"글쎄다. 미래엔 어찌 될지 모르겠지만, 일단 지금 네 모습으로 봐서는 딱히 그렇게 괜찮은 이름이 지어질 것 같지는 않아서 말이지."

"뭐야? 라이, 넌 친구라는 게 지금 악담하는 거냐!"

"악담이 아니라 사실을 말하는 거지. 지금도 그래. 솔직하게 말했을 뿐인데, 네 반응 좀 봐라. 너 이대로 가면 불릴말은 딱 하나밖에 없어."

"하나? 그게 뭔데?"

"다혈질 기사."

"뭐, 뭐라고? 다혈질 기사?"

에이단의 작은 얼굴이 무참하게 일그러졌다. 녀석의 눈빛이 서서히 변하며 일라이를 매섭게 노려보았다.

"너 지금 말 다 했냐?"

"아니, 아직 남았는데? 방금 또 하나 생각난 게 있거든."

"라이……."

바율은 이쯤에서 둘을 말려야 함을 본능적으로 깨우쳤다. 일라이가 무슨 말을 할지는 모르겠지만, 느낌이 좋지 않았다.

'퀸! 로건!'

바율이 눈짓하자 녀석들이 은밀하고 신속하게 에이단과

일라이의 곁으로 다가갔다. 그러나 일라이의 입이 조금 더 빨랐다.

"자린고비 군주. 이건 어떠냐?"

"뭐가 어째?"

"네 특징을 한 번에 딱 잡아내는 걸 보면 우리가 진짜 친한 게 맞는 거 같긴 하지?"

"하핫, 너 지금 내가 할아버지라고 놀렸던 거 복수하는 거냐? 나랑 한번 해보자는 거야? 앙?"

에이단의 기세가 달라졌다. 녀석이 분기탱천해서는 당장이라도 달려들 것처럼 으르렁거렸다.

"야, 뭘 또 그런 식으로 받아들이냐? 좋은 이름을 얻기 위해서는 너도 노력이란 걸 해야 한다, 나는 그 말을 하는 거지! 친구를 위한 진심 어린 충고라고!"

"충고? 웃고 있네! 내 평생 그딴 별호는 들어본 적이 없다! 이게 어디서 약을 팔아?"

에이단의 인내심의 한계는 여기까지였다. 녀석이 잠시 숨을 고르더니 일라이를 향해 날아갔다.

"얘들아!"

그때 바율이 신호했고, 퀸이 에이단을, 로건이 일라이를 각기 붙들었다.

"아버지, 죄송합니다."

중한 얘기가 오가는 상황에 이 무슨 결례인가 싶었다. 바율은 아버지와 만월 기사단에게 급히 사과한 후 친구들과 함께 서둘러 실내를 빠져나갔다.

"이 자식, 너 죽었어! 결투해! 내가 오늘 그냥 아주 레드 드래곤 씨를 말려버릴 테다!"

"오냐, 이 형님이 제대로 상대해 주마!"

일라이의 말투엔 여유가 넘쳤다. 반면 에이단은 얼굴이 붉게 달아오른 채 끌려가면서도 고래고래 소리를 질렀다. 나름 장밋빛 미래를 그리며 멋진 별호를 상상하고 있던 녀석인지라 상처와 충격이 큰 것 같았다.

"쿡쿡, 내 자식이긴 하지만 작명 센스가 정말 남다르지 않나? 누굴 닮아서 저리도 감각적인지, 참으로 기특하군."

다혈질 기사와 자린고비 군주.

어디를 봐도 센스라는 건 느껴지지 않았다. 나오는 대로 막 뱉은 듯한 그 말에 좋아하는 건 라예가르가 유일했다.

이럴 때 보면 영락없는 부자지간이었다.

란데르트 공작과 만월 기사단이 그를 어떤 눈으로 바라보고 있는지 전혀 알지 못한 채, 라예가르가 뿌듯해서는 홀로 함박웃음을 터뜨렸다.

2.

란데르트 공작과 바율의 귀환을 축하하는 파티가 드디어 끝이 나고, 해밀턴에도 고요함이 찾아왔다. 몇 날 며칠을 떠들썩하게 보낸 시민들은 서서히 일상으로 돌아갔고, 바율 역시 얼마 남지 않은 겨울 방학을 즐기기 위해 매일 아침 뒷산으로 산책을 나섰다.

"스모키! 크리스탈!"

서로 물고 뜯고 장난을 쳐 가며 앞서가던 보석 사인방 중 두 녀석이 행로를 이탈했다. 바율이 곧바로 이름을 소리치며 제지에 나섰지만, 몇 달 사이 머리가 굵어진 까닭인지 녀석들은 쉽사리 말을 듣지 않았다.

"어휴, 이 말썽쟁이들아! 내가 바율 말 잘 들으라고 했지!"

쑤아앙!

그때 기다렸다는 듯 돌개바람이 불었다. 갑작스러운 강풍에 스모키와 크리스탈의 몸이 공중으로 붕 치솟더니 원래의 자리로 휙 날아갔다.

"템페스타, 고마워."

"헤헤, 별말씀을!"

템페스타가 허공에서 책상다리를 한 채 이 정도는 아무것도 아니라는 듯 헤실헤실 웃었다

"왈왈!"

"왈왈왈왈!"

그런데 그것이 재밌어 보이기라도 한 걸까?

이번에는 보석 사인방 전체가 경로를 벗어났다. 녀석들이 단체로 템페스타를 향해 달려갔다. 위를 올려다보며 시끄럽게 짖어 대는 모양새가 자기들도 얼른 똑같이 해 달라고 하는 것 같았다.

"홋, 템페스타가 고생 좀 하겠구나."

오늘은 특별히 두 부자가 함께 산책길에 올랐다. 란데르트 공작이 템페스타와 보석 사인방을 쳐다보며 웃음 지었다.

"녀석들은 하늘을 나는 게 무섭지 않은가 봅니다. 저는 처음에 엄청 긴장해서 제대로 몸을 가누지도 못했었는데 말이에요."

"재스퍼의 자식들이 아니더냐. 저 녀석의 새끼인데 이 정도로 겁먹으면 안 되지."

재스퍼는 늘 그렇듯 자식들을 템페스타에게 맡긴 채 루비와 오붓한 시간을 보내는 중이었다. 그래도 바율이 해밀턴에 와 있는 동안에는 자주 곁을 지키며 가드견 노릇을 톡톡히 하고는 있었다.

"그보다 이제 캐링스턴으로 돌아갈 날이 며칠 남지 않았구나. 소감이 어떠하냐?"

"소감이요?"

아버지의 물음에 바율은 머리를 긁적거렸다.

"아직은 2학년이 된다는 게 실감이 나질 않습니다. 아카데미에 입학할 때만 해도 4년을 어떻게 버티나 걱정했었는데, 이제 3년밖에 남지 않았다고 하니까 아쉽다는 생각도 들고요."

"벌써 말이냐?"

"네, 그곳에서 많은 걸 얻었으니까요."

목숨도 아깝지 않을 소중한 친구들이 생겼고, 이제는 없어서는 안 될 귀한 정령들을 만났다. 뿐인가. 그간 소원했던 아버지와의 관계도 회복할 수 있었다. 캐링스턴 아카데미는 여러모로 바율에게 감사한 곳이었다.

"처음 널 그곳에 보낼 때만 해도 마음이 복잡하였었는데, 이제는 안심이구나. 아비의 결정이 잘못된 게 아니었다니 참으로 다행이다."

"근데 요즘 고민거리가 한 가지 있긴 합니다."

"작위를 받은 일 때문이냐?"

"네, 아버지."

이미 소문이 무성하게 퍼졌을 것이다. 친구들이 과연 자신을 이전과 같이 대해 줄지 바율은 내심 염려스러웠다.

"그 점이라면 아비가 도와줄 수 없겠구나. 그들이 널 어떻게 받아들일지는 오롯이 바율, 네게 달렸다."

처음이야 놀랍고 당황해서 바율과 거리를 둘 수는 있겠지만, 녀석이 어떤 식으로 행동하느냐에 따라 충분히 바뀔 수 있었다. 그것이 어린 학생들의 장점이자 동시에 단점이기도 했다.

"설사 네 뜻대로 되지 않는다고 해도 실망하지는 말거라. 이미 네게는 좋은 친구들이 있지 않느냐."

바율이 백작이 되었어도 변함없이 대해 주는 이들이 넷이나 있었다. 그건 다시 생각해도 바율에겐 정말이지 복이자 행운이었다.

"헥터 공작 측에선 가만히 있을까요?"

대전 회의에서 자신을 압박하던 그들의 모습이 선명하게 떠올랐다. 지금 당장이야 몸을 사리겠지만, 이후로 그들이 어떤 방식으로 대응할지 신경이 쓰였다.

"그건 아비가 할 일이다. 너는 그저 아카데미 생활에 충실하거라. 앞으로는 방학이 그리 즐겁지만은 않을 테니 말이다."

바율은 이제 재난을 막아 내고, 수습해야 하는 특무대신의 위치에 있었다. 학기 중에는 학업에 열중하겠지만, 방학을 하면 아마도 여러 일들을 해결하러 나서게 될 것이다.

그렇게 되면 해밀턴에서 보낼 수 있는 시간은 현저하게 줄 어들 게 분명하다.

새삼 아버지와 함께하는 지금의 여유로운 시간이 언제 다시 올지 모르는 귀한 순간임을 깨달았다.

"오늘 날씨가 무척 맑구나. 공기도 상쾌하고. 이런 질척 이지 않은 땅은 실로 오랜만이다."

해밀턴의 비를 멈추게 했다는 바율의 편지를 받았던 날 의 감동이 다시 한번 느껴졌다.

관직과 작위를 받고, 앞으로 정령사로서 살아가야 하는 아들을 공작이 자랑스러우면서도 애틋한 눈으로 내려다보 았다.

"어머니가 계셨다면 싫어하셨을까요?"

돌아가신 어머니는 유난히 비를 좋아하셨다. 해밀턴을 잠식한 비를 볼 때마다 그런 어머니가 떠오르곤 했었는데, 모순적이게도 비가 그치자 다른 이유로 또 어머니가 생각 났다.

"글쎄다. 이베트가 어땠을지는 나도 잘 모르겠구나."

"그러고 보니 아버지께 여쭤보고 싶은 게 있었습니다."

"네 어머니에 관한 것인가 보지?"

이야기가 길어질 것 같다고 여겼는지 란데르트 공작이 바위를 가리키며 먼저 있다. 바율도 아비지의 곁으로 디

가가 조심스럽게 둔부를 붙였다.

"아버지께서 어머니의 이름을 직접 지어 주셨다고 들었습니다. 혹시 이전에는 이름이 없으셨던 겁니까?"

"그렇다. 이베트를 처음 만난 마을에서도 그녀를 그저 아가씨라고만 부르더구나. 그녀 역시 자신이 누구인지, 이름이 무엇인지 모르는 상태였다."

"…어머니께서 당신이 누군지도 모르셨다고요?"

처음 듣는 얘기에 바율의 눈동자가 급격하게 커졌다.

"날 만나기 전 무슨 사고를 당했는지 기억이 온전치 못하였다. 외진 마을이었는데, 마을 주민들도 어느 날 갑자기 그녀가 나타났다고 하더구나. 마치 하늘에서 뚝 떨어진 것처럼 말이지."

어느 날 갑자기 나타나셨다고?

바율은 혼란스러움에 머리가 다 지끈거렸다.

셰임이 말했었다. 어머니는 어쩌면 정령계가 멸망하기 전에 정령왕이 인간계로 피신시킨 수하 중 하나일지 모른다고.

그 추측이 맞는다면 대양의 눈과 물의 기운이 담긴 펜던트를 지니고 계셨으니 물의 상급 정령이었을 확률이 높았다.

어째서 수천 년 전에 인간계로 피신한 정령이 이십여 년

전에 세상에 나타나 아버지를 만난 것인지는 모르겠지만, 현재로선 지금 가설에 무게가 실렸다.

"아버지."

바율은 잠시 머뭇거리다가 결국 입을 뗐다.

"어머니께선 어쩌면 정령이었을지도 모릅니다."

"…그러하냐?"

어느 정도 예견을 하고 있었는지 란데르트 공작은 크게 놀라지 않았다. 바율은 아버지께 세임이 중급 정령이 되고 나서 기억의 조각을 찾은 일에 대해 간략하게 설명했다.

"네 말은 정령들이 성장할수록 정령계에 대한 바를 함께 기억해 낸다는 뜻이냐?"

"네, 전부가 다 그런 건 아니지만 대체적으로 그렇습니다."

예외인 이노센트가 있으니 다음에 또 어떻게 될지는 아직 모르는 일이었다.

"흐음……."

란데르트 공작은 한동안 말이 없었다. 뭔가를 고민하는 듯 그저 먼발치를 바라보기만 했다. 그러던 그가 말문을 열었다.

"사실 네게 이전부터 말해 주고 싶었던 것이 하나 있다. 네 어머니가 바일과 너를 낳았던 날에 대해서다."

"형과…… 저를 낳았을 때라면……."

어머니께선 쌍둥이였던 자신과 형을 낳다가 산고로 돌아가셨다. 그날에 대한 거라면 어머니의 죽음에 관해 무언가 하실 말씀이 있다는 것인가.

아버지를 향한 바율의 동공이 불안하게 흔들렸다.

"그동안 말하지 못했던 이유는 행여 너희들이 죄책감이라도 가질까 싶어서였다. 그리고 다른 오해를 방지하고자 했지."

"오해라니요?"

"이베트가 출산하던 날…… 그 방에는 산파와 나도 함께 있었다. 심한 난산이었지."

아내와 뱃속의 아이들 걱정으로 가만히 있질 못하고 계속 초조하게 방안을 서성거렸었다.

"12시간이 넘는 진통 끝에 드디어 너희가 세상에 나왔다. 우렁찬 아기 울음이 울려 퍼지자 이제 다 끝났구나, 하고 안심을 했었지."

문제는 그다음이었다.

"하지만 고생했다고 말하려는 순간, 이베트는 뭔가 잘못되었음을 알아차렸다. 너희를 안고 기뻐하던 그녀가 별안간 소스라치게 놀라는데, 가슴이 덜컹하더구나."

"…어머니께서 형과 저를 보고 놀라셨다고요?"

"정확히는 너를 보고 있었다."

"저, 저를요?"

"그러곤 황급히 목걸이를 풀어 자그마한 네 몸에 걸어 주었다."

일전에도 들었던 얘기였다. 갓 태어나자마자 받은 것이니 자신은 기억에 없지만, 어머니가 펜던트를 푼 것은 그때가 처음이라고 하셨다.

"근데 왜 형이 아니라 저였던 거죠? 저를 보고 놀라신 이유는 또 무엇이고요?"

"그건 나도 모른다. 사실 그러고 나서가 더 충격이었거든."

어머니께서 하루도 버티지 못하고 돌아가셨다고 했으니 당연했다. 이름도 무엇도, 아무것도 기억하지 못하는 여인을 오직 사랑해서 결혼까지 하신 아버지셨다. 슬픔이 이루 말할 수가 없었을 것이다.

"마치 신기루 같았다. 네게 목걸이를 걸어 준 후 이베트의 신형이 점점 흐려지더니 이내 먼지처럼 사라졌지."

"…예?"

어머니의 죽음을 상기하며 애도하던 바율은 갑작스러운 아버지의 말에 어안이 벙벙했다.

"먼지처럼 사라지다니요? 그게 무슨 말씀이세요?"

"설명한 그대로다. 입 모양으로 내게 미안하다는 말을 남기고는 그대로 내 눈앞에서 자취를 감추었다."

지금은 담담히 말하고 있지만, 당시 란데르트 공작이 받은 충격은 말로는 차마 설명하기 힘들 정도였다.

자식을 낳자마자 마법처럼 사라진 아내.

찾을 수 없다는 걸 직감하면서도 한동안은 해밀턴 전체를 쥐 잡듯이 다 뒤지고 다녔었다. 사랑하는 여인을 어이없게 잃었다는 것에 미치도록 가슴 아팠지만, 그가 견딜 수 있었던 건 그나마 두 아들이 있었기 때문이었다.

"저, 저는 도무지 이해가 안 갑니다. 어머니께서 어째서 그렇게……?"

아무것도 없었대요.

그게, 비처럼 사라지셨대요.

그 순간 불현듯 이전에 리타가 했던 말이 생각났다. 죽은 유모에게서 들었다던 말. 흔적도 없이 사라진 어머니를 두고 쑥덕거렸다던 하인들의 말이 비로소 진실임이 드러나는 순간이었다.

"그녀가 사라지기 직전, 그간 봐 왔던 이베트의 눈빛이 아니었다. 놀라면서도 슬퍼하는 기색이, 남겨질 나와 너희를 걱정하는 듯했다. 그리고 뭔가 기억을 떠올린 것 같기도 했지."

"…기억이요?"

"그래, 너무나 순식간에 벌어진 일이라서 어떤 대화도 나누지 못했지만…… 아비는 그렇게 느꼈다."

어머니는 진정 돌아가신 게 맞는 겁니까?

이베트…… 당신이 몹시 보고 싶은 날이오.

바율과 공작은 각자의 상념 속으로 빠져들었다. 이해할 수 없는 그 날의 모든 상황이 그들 부자로 하여금 많은 상상을 불러일으켰다.

"야! 너희 그만 좀 쫓아다녀! 계속 귀찮게 하면 진짜 확 멀리 날려 버린다!"

어쩌다 보니 보석 사인방의 돌보미로 전락한 템페스타의 새된 음성만이 마른 뒷산에 쩌렁하게 울렸다.

Chapter 6.
새 학기

1.

아카데미의 새 학기가 시작되었다. 당연한 일이었지만, 바율과 친구들 모두 유급되지 않고 무사히 2학년으로 진급했다. 얼마 전까지만 해도 새내기였던 그들에게 후배가 생긴다니, 신기한 한편 기대가 되기도 하였다.

2학년으로 올라가면서 기숙사 방 배정도 다시 받았다. 각자 룸메이트는 그대로였지만, 숙소가 전보다 좀 더 넓어지고 전망이 좋아졌다. 특히 바율과 퀸이 묵는 곳은 캐링스턴의 시내가 한눈에 쫙 들어올 정도로 조망이 훌륭했다.

그리고 우려했던 대로 새 학기의 첫 화젯거리는 단연 바율이었다. 그를 처음 보는 신입생들에겐 란데르트 공작의 아들이라는 사실만으로도 놀라움의 대상이 되기 충분했는데, 거기에 열일곱의 나이로 황제에게 직접 관직과 작위까지 하사받았으니 말이 나오지 않는 것이 외려 더 이상했다.

학생이 둘 이상 모이면 바율에 대한 얘기가 빠지지 않고 등장했다.

그건 교수들이라고 다르지 않았다. 정령의 존재와 정령사가 무엇인지 알게 된 이들은 새로운 학부를 개설해야 하는 것 아니냐며 벌써부터 아카데미 측에 건의를 넣고 있었다.

해일과 지진을 막아 내고, 황도에 비를 내렸으며, 해밀턴의 장마를 멈추게 하였다. 이 같은 일은 9서클의 대마법사도 할 수 없었다.

그 엄청난 능력을 많은 이들이 쓸 수 있다면 얼마나 뜻깊겠냐며 주장한 것이다. 정령사가 되려면 정령과 교감할 수 있는 능력을 선천적으로 타고나야 한다는 것을 모르기에 가능한 발상이었다.

"역시 다들 네 얘기뿐이로구나. 가는 곳마다 알아서 길이 뻥뻥 뚫리니까 걷기는 편하네."

사람들이 바율을 힐긋거리며 몰래 쳐다보는 게 느껴졌다. 그 기운은 그가 아카데미에 처음 입학했을 때보다 심하면 심했지, 절대 덜하지 않았다. 그때와 다른 점이라면, 지금은 바율을 향한 눈빛에 간간이 두려운 기색이 보인다는 거였다.

아마도 그건 정령에 대한 생소함과 더불어 바율의 달라진 신분도 한몫할 터였다. 그래서인지 누구도 감히 가까이 다가오지 못했다.

"그나저나 우리 오늘 첫 수업이 뭐였지?"

"역사잖아. 오랜만에 로티어스 교수님 얼굴 뵐 수 있겠다."

"흐음, 왠지 내 예감에는 아직도 주무실 것 같은데……."

"에이, 그래도 개강하는 날인데 1교시 수업을 빼먹으시겠어?"

"로티어스 교수님이라면 가능해. 그놈의 아침잠이 문제이신 분이거든."

"아무려면 어때. 오시면 수업을 들으면 되고, 안 오시면 잠이나 더 자면 되지."

막 도착한 퀸이 그런 쓸데없는 대화는 왜 하냐는 듯 핀잔을 주곤 사물함에다가 가져온 물건들을 정리해서 넣었다.

학부 수업은 어쩔 수 없지만, 교양 과목이라도 다 같이 듣자는 바율의 의견에 퀸뿐 아니라 에이단과 로건까지 월요일 수업 일정을 전부 비슷하게 맞췄다.

"퀸, 잠이 부족한 거야?"

바율이 사물함을 열며 퀸에게 물을 때였다. 문이 열림과 동시에 뭔가가 우수수 떨어졌다.

"…뭐냐?"

다양한 색상의 종이들은 제각각 크기는 달랐지만, 척 보기에도 편지라는 걸 알 수 있었다. 일라이에겐 거의 일상이나 다름없던 팬레터가 바율에게도 오기 시작한 것이다.

"오호, 바율. 너한테도 이제 팬이 생겼나 본데? 심지어 양도 제법 많네. 물론 나에 비하자면 훨씬 모자라지만."

일라이가 피식거리며 본인의 사물함을 당당히 열었다.

"……!"

그런 녀석의 표정이 굳어지는 건 순식간이었다.

"텅 비었네."

"편지는커녕 쪽지 한 장도 없는데?"

퀸과 로건은 별 뜻 없이 뱉은 말이었지만, 일라이의 자존심에는 실금이 그어졌다. 그가 눈에 쌍심지를 켜며 변명했다.

"시, 신입생들이 아직 내 미모를 보지 못했기 때문이야. 내일 아침이면 이 사물함의 문이 너덜너덜해질지도 모른다고. 하도 여닫아서 말이지."

"맞아! 게다가 그게 아니라도, 편지를 하도 많이 받아서 괜히 중요한 것도 넣어 두지 못하고 되게 피곤해했잖아. 시간마다 기숙사를 왔다 갔다 하는 것도 번거로웠고."

학기 첫날부터 기분이 상한 채로 있게 할 수는 없었다. 바율이 바닥으로 떨어진 편지들을 서둘러 사물함 속으로 다시 집어넣으며 맞장구를 쳤다.

'에이단이 없는 게 다행이야.'

만약 녀석이 이걸 목격했다면 깔깔거리며 일라이를 엄청나게 놀려 댔을 게 뻔하다. 그나마 퀸과 로건이라서 안심이었다.

"강의실로 빨리 가자. 그래야 좋은 자리 맡지."

바율은 얼른 사물함 주변에서 벗어나고 싶었다. 하지만 그런 그의 발목을 잡는 이가 있었으니, 그들의 가장 말 많은 친구, 슈빅이었다.

"바유우우울!"

녀석이 멀리 복도 끝에서 눈썹이 휘날리도록 달려오며 바율의 이름을 애타게 불렀다.

"내가 저 자식 왜 안 나타나나 했다."

"조용히 지나치면 슈빅이 아니지."

녀석이 얼마나 오두방정을 떨지는 모르겠지만, 바율은 한편으론 고맙기도 했다. 그가 정령사라는 게 발표되고, 작위를 하사받았어도 바뀌지 않는 친구가 한 명 더 있다는 걸 깨달았기 때문이다. 그래선지 평소보다 더 반갑게 느껴졌다.

"다들 같이 있었네?"

숨이 찬지 슈빅이 헉헉거리며 가볍게 손 인사를 했다.

"바율, 아니 이제는 백작님이라고 해야 하나?"

역시나 슈빅의 첫마디는 예상에서 크게 벗어나지를 않았다. 바율이 이전처럼 부르라는 답을 하려는데, 그러기도 전에 도서관 업무를 마친 에이단이 어느새 돌아와 끼어들었다.

"어허! 백작님이라니! 특무대신이라고 하지 못할까! 황제 폐하께서 직접 작위와 함께 내리신 직함이니라! 앞으로는 존경 어린 마음을 담아 꼬박꼬박 그리 부르도록 하여라!"

녀석이 갑자기 대신들의 말투를 흉내 내며 슈빅을 꾸짖었다.

"왔냐?"

에이단의 요란한 등장에 슈빅이 인상을 구겼다. 헛소리하지 말라며 다다다 쏘아붙이고 싶었지만, 녀석의 관심은 이내 빠르게 바율에게로 돌아갔다.

"네가 정령인지 뭔지로 황도에 비를 내리게 했다면서?

대체 정령이 뭔데 그런 걸 할 수 있는 거야? 자세히 설명 좀 해 주라. 엉?"

황궁에서 실컷 했던 짓을 여기에서 또 되풀이해야 한다는 것에 저도 모르게 살짝 뒷골이 당겼지만, 바율은 친구를 위해 기꺼이 수고를 감수했다. 어차피 한 번은 지나쳐야 할 관문이었다. 그러면 차라리 알아서 퍼뜨려 줄 녀석에게 말하는 편이 나았다.

"우, 우와! 어마어마하다! 정령계의 멸망으로 사라졌던 정령이 다시 생겨났다니, 이거 완전 기적 아니냐? 그런 엄청난 존재를 바율 네가 부릴 수 있다는 것도 대박 멋져!"

약골인 줄만 알았던 바율의 새로운 모습에 슈빅은 진심으로 탄복했다.

"나 그 정령들 좀 보여 줄 수 있어? 꼭 사람처럼 생겼다던데, 진짜야?"

"보여 주는 건 어렵지 않은데, 여기서는 좀 그렇지."

평상시에도 큰 슈빅의 목소리가 복도를 쩌렁쩌렁하게 울리고 있었다. 가까이 다가오지 못할 뿐이지, 다들 눈과 귀는 이쪽을 향해 집중된 상태였다.

"아, 그건 그렇겠다. 그럼 이따 점심시간 어때?"

"뭐가 그렇게 급하냐? 어디 도망가는 것도 아닌데."

"라이, 넌 그딴 소리 하지 마! 지금까지 나한테는 아무 말도 안 하고 저들끼리 실컷 봤을 거면서, 진짜 너무하는 거 아니냐?"

"바율이 너한테 정령을 보여 줄 의무라도 있어? 그게 무슨 헛소리야?"

"헐, 또 왕따 취급하는 거지?"

"왕따가 무슨 뜻인지는 알고? 네가 왕따면 여기서 이러고 우리랑 얘기도 못 하는 거야, 이 멍텅구리야!"

슈빅의 입에서 또다시 배신자니 뭐니 하는 말이 튀어나오기 전에 에이단은 선수를 치기로 했다.

"시끄럽고, 내놓기나 해."

"갑자기 뭔 소리야?"

다짜고짜 에이단이 무슨 말을 하는 건지 슈빅은 이해가 가지 않았다.

"뭐긴 뭐야, 100쿠나지!"

"100쿠나?"

"와, 너 완전히 까먹었나 보네? 바율한테 전쟁 얘기 물어봤어, 안 물어봤어? 아직 한마디도 안 했지? 아예 생각도 못 했지?"

"악!"

그제야 내기를 기억해 낸 듯 슈빅이 뒷걸음질 쳤다. 란데르트 공작께서 돌아오시면 드와이어트 제국과의 전쟁에 대해 꼭 말해 달라고 부탁했었는데, 진짜 깡그리 잊고 있었다.

"아 씨, 넌 처음부터 이렇게 될 거라는 거 알고 있었지?!"

"당연한 얘길. 그러니까 내기를 했지, 내가 괜히 했겠냐?"

"이, 이 사기꾼 자식아!"

"너 돈 많다면서. 불우 이웃에게 기증한다고 생각해."

"네가 어디를 봐서 불우 이웃이냐? 대레오네트 백작가의 차남이면서!"

"그래서, 못 주겠다고? 사나이가 한 입으로 두말을 하시겠다?"

"누, 누가 그렇대? 주면 되잖아! 주면!"

에이단의 말발에는 당할 재간이 없었다. 녀석이 짠 설계(?)의 희생양이 된 게 억울하긴 하나, 100쿠나쯤은 충분히 낼 수 있었다.

"아싸! 고맙다, 친구야!"

바로 지갑에서 돈을 꺼내 주는 슈빅을 에이단이 격하게 끌어안았다. 슈빅이 부잣집 아들이라서 참으로 다행이었다.

"날강도 같은 자식! 이다음에 내가 그대로 갚아줄 거다!"

"내기라면 언제든지 환영할게."

돈을 뜯어낼 기회는 많을수록 좋았다.

"아무튼 바율, 이따가 점심시간에 식당에서 보는 거다. 약속 꼭 지켜!"

"야. 정령 얘기는 그만하고, 새로운 소식 있으면 읊어 봐라."

"새로운 소식?"

"그래. 뭐, 이슈 같은 거 없어?"

"지금 바율보다 더 큰 이슈가 있겠냐? 다들 정령에 대해 엄청나게 궁금해한다고. 얼마나 대단하기에 백작이란 작위까지 받았는지 알고 싶어서 혈안이 되어 있다니까? 소문만 무성하지, 본 게 없잖아."

"지금 네 얘기 하는 거냐?"

에이단이 보기에 가장 몸달아 하는 건 슈빅이었다. 한시라도 빨리 새로운 정보를 알아내어 퍼뜨리고 싶어서 입이 근질근질할 것이다.

"내가 말했지! 나는 모두에게 소식을 전해야 할 의무가 있는 몸이라고!"

"어련하시겠냐."

"그러고 보니 바율, 너 땅도 받았다면서? 어디야, 거기가? 녹봉도 나오는 거냐?"

"슈빅, 적당히 해. 네 마음 모르는 거 아닌데, 부담스러워하는 바율 생각도 좀 해라."

사건의 규모가 규모이다 보니 슈빅의 질문 공세가 보통 때보다 훨씬 심했다. 그에 바율이 난감해하자 보다 못한 로건이 제지에 나섰다.

커다란 키에 묵직한 시선, 그리고 낮은 목소리. 평소 입을 잘 열지 않는 로건이지만, 간혹 이렇게 한마디를 할 때면 왠지 무시하기가 어려웠다.

"…내가 좀 그랬나? 곤란하게 했다면 사과할게. 미안."

슈빅이 주눅이 들어서는 금세 태세를 전환했다.

"아, 맞다!"

그러던 녀석이 별안간 손뼉을 쳤다.

"로건, 너한테도 묻고 싶은 게 있었어!"

"……?"

"혹시 너도 쌍둥이였냐?"

"쌍둥이?"

그런 얘기는 금시초문이었기에 바율은 물론 친구들까지 고개를 갸웃했다.

"너랑 완전히 똑같이 생겼던데?"

"그게 무슨 소리야? 주어 넣어서 알아듣게 얘기해."

"아니, 좀 전에 누굴 마주쳤거든. 난 당연히 넌 줄 알고

말을 시켰는데, 아니더라? 이번에 신입생으로 입학했나
봐."

"신입생?"

"아."

가만히 듣고만 있던 로건이 이내 납득했다는 표정을 지
었다.

"뭐냐, 로건? 아는 애야?"

"내 동생이야."

"동생?"

"어, 올해 열여섯 살이 되어서 입학했어."

"설마 그럼 라피트가 왔다는 거야?"

로건의 동생을 바율이 모를 리 없었다. 자주 만난 건 아
니지만, 얘기로는 수없이 들었다.

로건의 바로 아래 동생으로, 어린 시절부터 똑같이 생긴
외모와 달리 정반대의 성격을 가져 재밌는 구석이 많은 아
이였다.

열혈남아라고 해야 할까?

그런 라피트를 직접 만날 생각에 바율은 내심 설레었
다.

2.

바율과 친구들은 슈빅을 겨우 떼어 놓고 강의실에 들어섰다. 먼저 도착해 있던 아이들이 그들의 등장에 눈치를 살피는 게 느껴졌다.

"로건, 라피트가 입학한다는 말은 왜 안 했어? 미리 알았으면 기다렸다가 먼저 인사라도 했을 텐데."

"어차피 아카데미에서 오다가다 만나게 될 거잖아. 그 녀석이 들어온 게 그다지 특별한 일도 아니고."

"아하, 너도 동생이랑 사이가 별로 안 좋은가 보구먼?"

에이단이 마치 무슨 건수라도 잡은 듯 로건을 향해 휘파람을 불었다.

"아니, 딱히 그런 건 아닌데."

"아니긴 뭐가 아니야. 자고로 형제와 원수는 한 끗 차이라고. 마주칠 때마다 으르렁거리든가, 아예 투명 인간 취급하든가."

"넌 어느 쪽인데?"

"나?"

로건의 기습 질문에 에이단이 잠시 생각하더니 대꾸했다.

"둘 다라고 해야 할 듯?"

"에이단, 에이스 형과는 좀 그래도 여동생인 라라는 끔찍하게 생각하잖아. 주말마다 보고 싶어서 달려가기도 하고."

"헐! 형제랑 남매가 똑같냐? 게다가 우리 라라는 내 말을 얼마나 잘 듣는데! 생긴 것도 엄청 귀여워! 바율, 넌 비교할 걸 비교해야지."

악마 2와 사랑스러운 여동생이 동급으로 취급되었다는 사실을 견딜 수 없는지 에이단은 순간 몸까지 부르르 떨었다.

"근데, 네 동생은 무슨 학과냐?"

"보나 마나 뻔하지. 세이모어 백작가에서 설마 아들을 마법사로 키우겠어? 기사학부 맞지?"

일라이의 물음에 에이단이 먼저 대꾸하자, 로건이 수긍했다.

"응, 나랑 같은 학부야."

"거봐라, 얘네 집안에서 사내가 기사가 되지 못하는 건 아마 우리 집에서 상인이 되기 싫다는 거랑 비슷할 거야. 듣고 나니 내 처지가 막 이해되지?"

갑자기 얘기가 왜 그렇게 흘러가는지 모르겠지만, 바율은 일단 고개를 끄덕이며 동조하는 척했다.

"세이모어 백작가가 그쪽으로 엄청 유명한가 보지?"

"유명한 정도가 아니야. 대대로 이름난 검사들을 배출한 명문가지. 현 세이모어 백작님이, 그러니까 로건의 아버지가 란데르트 공작님 다음가는 제국의 실력자란 말이 있던데. 사실이야?"

이번에는 퀸이었다. 인어족인 그가 일라이에게 설명하다 자연스럽게 로건을 응시했다.

"…네가 나한테 관심이 있는 줄은 몰랐군."

"관심이 아니라 정보라고 해 두지."

인어국의 왕자로서 캐링스턴 유학을 결정하면서 이것저 것 알아본 게 많았다. 개중엔 꼭 기억해 둬야 할 인물들이 몇 있었는데, 세이모어 백작도 그중 한 명이었다.

"세이모어 백작님이 대단하신 분인 건 사실이야. 십년전 쟁에서도 많은 공을 세우셨다고 들었어."

란데르트 공작에 비해 상대적으로 빛을 덜 받아서 그렇 지, 세이모어 백작가의 위상은 실로 위대했다. 선대로부터 쭉 선정을 베푼 탓에 그의 영지에서만큼은 란데르트 공작 보다 더한 존경을 받기도 했다.

"내 얘기는 그만하자. 곧 수업 시작하겠어."

화제의 중심이 되는 건 원치 않았다. 로건이 더 말하고 싶지 않다는 듯 책을 펼치자, 친구들이 입술을 삐쭉이며 각 자 자리에 앉았다.

"얘들아, 오랜만!"

그리고 잠시 후, 일라이의 예상과 달리 로티어스 교수가 밝은 모습으로 제시간에 맞춰 강의실에 입장했다. 구겨진 셔츠에 머리 한쪽이 눌린 것으로 보아 늦잠을 자긴 한 것 같았다.

"방학들 잘 보냈나? 이번 방학은 너무 짧아서 좀 아쉬웠지?"

로티어스 교수의 말에 기다렸다는 듯 서운한 목소리가 여기저기서 터졌다. 어째서 방학은 늘 눈 깜짝할 사이에 지나가는지 정녕 모를 일이었다.

"그래도 올해는 중요한 행사가 있으니 다들 기운 내야지. 마르세이와의 대결에서 지면, 알지? 이 교수님은 패배를 절대 용납할 수 없다!"

마르세이?

거기라면 자레드가 거액의 기부금을 내고 입학한 황도의 아카데미였다. 바율이 의아한 눈으로 돌아보자 에이단이 귀에다 대고 속닥였다.

"캐링스턴과 마르세이는 3년에 한 번씩 정기적으로 시합을 벌여. 올해는 아마 우리 캐링스턴 쪽에서 열릴 거야. 내가 알기로 지난번에는 졌어. 그래서 4학년 선배들이 이를 박박 갈고 있지."

"에이단, 아주 잘 알고 있구나."

작게 말한다고 말했는데 로티어스 교수님에게까지 들린 모양이었다.

"우리 위대하신 정령사님께선 모르고 있었나 보지?"

로티어스 교수의 한마디에 모든 이목이 바율에게 집중되었다. 제발 안 그래 주셨으면 하는 바람이었는데, 역시나 예상을 벗어나지 않으신다. 바율은 남모르게 한숨을 내쉬며 그저 어색한 웃음만 지었다.

"자, 다들 축하해 주자! 우리 바율이 무려 백작님이 되셨다!"

로티어스 교수의 말을 시작으로 난데없이 강의실에 박수 세례가 쏟아졌다. 고개를 들 수 없을 정도로 민망했지만, 바율은 애써 피하지 않고 고마움을 표시했다.

"특무대신이란 직함까지 받았다지?"

교수님, 대체 어디까지 하실 겁니까?

바율은 거의 애원하다시피 로티어스 교수를 바라보았다. 하나 그는 멈출 생각이 전혀 없어 보였다.

"황제 폐하의 명만을 받드는 특수 관직이라니! 와아, 내 제자 진짜 뽀대 난다! 안 그러냐, 애들아?"

선생님이 학생 앞에서 뽀대라니요.

다른 학생들의 선망 어린 눈길이 부담스러웠다. 바율은

정말이지 쥐구멍이라도 있다면 숨고 싶은 심정이었다.

"그래도 바율, 난 교수니까 아카데미에선 너보다 위다. 백작님이라고 무시하고 그러면 안 돼!"

설마 제가 교수님께 그러겠어요?

바율은 어이가 없었다. 자신이 작위를 받지 않았더라도 어차피 상대는 황족, 그것도 현 황제의 친동생이다. 자신이 그 사실을 안다는 걸 인지하고 계시면서도 저리 말씀하시는 건 아마도 정령에 대해 미리 말하지 않아서이리라.

즉, 짧게 말해서 로티어스 교수님은 현재 삐치신 상태였다.

정령에 대해 물어봤으면서 왜 아무 말도 안 했냐?

그럴 만한 사정이 좀 있었습니다. 이해해 주시면 안 됩니까?

안 되겠는데?

그럼 저도 교수님께서 폐하의 동생이라는 거 확 밝혀 버릴 겁니다?

학생들은 모르는 대화가 두 사제 간에 눈빛으로 빠르게 오고 갔다. 승리자는 로티어스 교수였다. 그가 갑자기 칠판에 무언가를 적었다.

정령은 무엇인가.

"명색이 역사 수업인데, 앞으로 쓰일 역사서에 한 획을 그을 만한 건 확실히 짚고 넘어가야겠지?"

오늘 내가 너희들이 궁금해하는 거 다 해결해 줄게!

학생들을 바라보는 로티어스 교수의 두 눈은 마치 그렇게 말하고 있는 듯했다.

"바율, 힘내라."

"아주 작정을 하신 것 같다."

"못 말리신다니까."

친구들이 혀를 차며 바율의 어깨를 두드려 위로했다.

"내가 소식을 듣고 공부를 좀 했거든? 정령, 이게 진짜 신기한 존재더라고. 자연을 제어하는 것도 엄청나지만, 우리 인간처럼 자아를 가지고 있다네? 그래서 심술도 부리고 장난도 치고 한다더라. 맞니, 바율?"

"…네, 교수님."

그새 연구 많이 하셨네요.

"해서 말인데, 볼 수 있을까?"

"예?"

"정령이 무엇인지 알려면 직접 보는 것만큼 훌륭한 방법이 또 어디 있겠어? 더욱이 위대한 정령사님께서 이렇게 함께하고 계신데."

학생들을 선도하는 능력이 가히 끝내주셨다. 안 그래도

바율에게 궁금한 것투성이인 아이들인데, 로티어스 교수의 제안은 심지에 불을 붙인 꼴이었다.

앞으로 이런 일을 얼마나 더 겪게 될까.

불필요한 상황을 막고자 작위를 받은 건데, 아카데미에 서는 영 쓸모가 없었다. 애초에 학생인 그에게 교수의 명령을 어길 권한은 없었다.

"템페스타."

바율은 잠시 망설이다가 결국 템페스타를 불러냈다.

쑤아아앙!

콰앙!

별안간 강의실에 강풍이 불며 창문이 벌컥 열렸다.

"엄마야!"

"으앗!"

그에 깜짝 놀란 아이들이 비명을 지른 순간, 바율의 머리 위로 가운을 펄럭이며 템페스타가 나타났다.

"바율, 나 찾았어?"

아카데미가 개강하면 평일 낮에는 바율을 거의 볼 일이 없다는 걸 이제는 정령들도 다 알았다. 그래서 이리저리 떠돌며 심심한 시간을 보내고 있었는데, 갑자기 자신을 부르니 반가운 한편 무슨 일인지 궁금했다.

"저, 저게 정령인가 봐!"

"…지, 진짜 말을 하네!"

"심지어 공중에 떠 있어!"

"으아아아!"

갑작스러운 템페스타의 등장에 놀란 아이들이 후다닥 일어나 벽으로 붙어 섰다. 난생처음 보는 존재에 겁을 먹은 듯 다들 안색이 하얗게 질렸다. 호기심을 보이는 건 로티어스 교수가 유일했다.

"응, 별 건 아니고 정령이 뭔지 궁금하대서 보여 주려고 불렀어."

"아하. 근데 왜 나만 불렀어?"

그야 네가 제일 심술쟁이에 장난꾸러기니까. 하지만 바율은 속마음을 잘 감추며 녀석이 듣기 좋을 말을 내뱉었다.

"템페스타가 가장 착하니까?"

"내가 착해?"

"그럼. 보석 사인방하고도 잘 놀아 줬잖아. 이번에도 잘 부탁할게."

"아, 그렇게 놀아 주면 되는 거구나?"

"어?"

"염려 마. 그런 거라면 완전 자신 있어!"

얼떨떨하게 되묻는 바율을 남겨 둔 채 템페스타가 강의실을 한 바퀴 쌩 돌았다.

"안녕, 인간들아! 난 바람의 정령 템페스타라고 해!"

그리고 시키지도 않은 자기소개를 마친 뒤, 본격적으로 놀이를 시작했다.

녀석이 뭘 하려는 건지 바율이 미처 깨닫기도 전, 강의실에 비명이 난무했다. 아이들의 몸이 지면에서 점점 멀어지고 있었기 때문이다.

그건 로티어스 교수 역시 마찬가지였다.

"엇, 어어⋯⋯!"

갑자기 몸이 허공으로 치솟자 로티어스 교수가 괴성을 내질렀다.

"헤헤, 재밌지?"

해밀턴의 보석 사인방은 높게 떠오를수록 신이 난다는 듯 크게 짖어 댔었다. 템페스타는 인간 역시 녀석들과 비슷하다고 생각했는지 좀 더 높게, 좀 더 빠르게 이리저리 굴렸다(?).

"바율, 저거 그대로 둬도 괜찮은 거냐?"

지금 바닥에 멀쩡히 발을 딛고 있는 이는 바율과 친구들뿐이었다. 에이단이 걱정스러운 낯빛으로 강의실을 살피자 퀸이 나직하게 조언했다.

"잠깐 정도는 그럴 필요가 있을 것 같다."

그래야 또 이와 비슷한 사태가 벌어지지 않을 테니 말이다.

"템페스타, 그만!"

하지만 바율은 그렇게 두고 볼 수 없었다. 잠시 당황해서 녀석의 장난을 방관한 꼴이 되었지만, 이내 정신을 차리고 녀석을 말렸다.

"벌써?"

한창 신이 나 있던 템페스타의 얼굴에 아쉬운 기색이 스쳤다. 그래도 바율의 말이었기에 녀석은 금세 모두를 안전하게 지상으로 내려놓았다.

"바율······!"

로티어스 교수가 숨을 헐떡이며 원망의 눈초리로 바율을 쏘아보았다.

"교수님께서 보셔서 아시겠지만, 제가 시킨 것이 아닙니다. 정령들이 자아를 지녔다고 조금 전에 말씀하셨죠? 원래 자주 이런 장난을 치고는 한답니다. 저도 몇 번 당했어요. 그렇지, 얘들아?"

"몇 번이 아니라 수시로 그랬지."

"바율은 아무 잘못 없습니다."

"정령들은 되도록 마주하지 않으시는 게 교수님의 정신 건강에도 이로우실 겁니다."

바율의 변명에 친구들이 살을 보태자 로티어스 교수도 더는 할 말이 없었다. 먼저 보여 달라고 한 사람도 본인이었는데 뭘 더 어쩌겠는가.

"욱!"

허공에서 몇 바퀴를 돌았더니 속이 메스꺼웠다.

"오늘 수업은 이것으로 마친다."

한동안 아카데미 내를 떠들썩하게 할 수업이 그렇게 끝이 났다.

Chapter 7.
오해의 진실

1.

역사 수업 시간에 있었던 소동이 온 아카데미에 퍼졌다. 당시 강의실에 있었던 학생들은 템페스타의 만행에 학을 뗐지만, 그 수업을 참관하지 못한 학생들은 땅을 치며 후회했다.

정령을 직접 볼 기회를 날려 버렸으니 그럴 만도 했다. 바람의 정령이 나타나 말을 하고 장난쳤다는 것에 전교생이 흥분해서는 온종일 그 얘기뿐이었다.

덕분에 점심시간에 식당을 찾은 바율은 오전보다 더한 시선을 감내해야 했다. 이미 자포자기 상태이긴 했지만, 그래도 더 심해지길 바란 건 아니었다.

"바율, 너무 신경 쓰지 마. 언젠가는 쟤들도 익숙해질 날이 오겠지."

"인간이란 적응의 동물이라고 하더군."

"맞아. 곧 평소처럼 돌아갈 거니까 조금만 참자."

친구들의 위로에 바율은 애써 웃음을 지으며 자리를 잡고 앉았다. 녀석들이 있어서 다행이란 생각이 오늘도 절로 들었다.

"근데 슈빅이 왜 안 보이지?"

점심시간에 보자고 그렇게 난리를 쳐 놓고는 정작 녀석이 코빼기도 안 비쳤다. 역사 수업을 들먹이며 법석을 떨어도 모자랄 판이거늘, 의아한 일이었다.

"어디 아픈 건 아니겠지?"

"아침만 해도 멀쩡했는데 무슨 소리야."

"잠깐 화장실이라도 갔나 보지."

하지만 식사가 거의 끝나 갈 때까지도 슈빅은 나타나지 않았다. 이쯤 되자 다들 한마디씩 했다.

"무슨 일이라도 생긴 건가?"

"그 녀석이 이렇게 그냥 지나칠 놈이 아닌데, 희한하네."

"아무 일도 없는데 이럴 리가 없어. 이건 뭔가 사건이 터진 거야."

"사건?"

에이단의 추리에 친구들의 이목이 쏠렸다.

"생각해 봐. 슈빅이 어떤 놈이냐? 그 녀석이 궁금한 걸 참을 수 있는 성격이야?"

"절대 아니지."

"그러니까! 이건 분명 뭔가 또 다른 흥밋거리가 생긴 거야!"

"오, 그거 말 된다."

"근데 슈빅이 정령을 뒤로할 만큼 흥미로운 사건이 뭐가 있을까? 그 정도면 우리 귀에도 슬슬 들어와야 하는 거 아닌가?"

일라이가 의문을 제기하는 순간, 식당 문이 벌컥 열리며 누군가 소리쳤다.

"싸움이다! 응징의 다리에서 결투가 벌어졌어!"

"어디서 결투가 벌어져?"

"응징의 다리래."

"대박! 지금 밥 먹을 때가 아니네."

"새 학기 첫날부터 대체 누구야?"

아이들이 너 나 할 것 없이 식사를 하다 말고 뛰쳐나갔다.

"이거네."

"슈빅 녀석, 싸움 구경한다고 정신 팔린 모양이다."

"우리도 가 볼까?"

밥도 거의 다 먹었겠다, 결투의 주인공들이 누구일지 자못 궁금했다. 해서 바율과 친구들은 빠르게 자리를 정리하고 응징의 다리가 있는 물의 정원으로 향했다.

응징의 다리는 물의 정원 위에 놓인 여러 다리 중 가장 폭이 좁은 것의 이름이었다. 한 사람이 겨우 지날 수 있을 정도로 너비가 좁았기 때문에, 그 위에서 결투가 벌어지면 뒤로 물러나거나 밑으로 떨어지거나 둘 중 하나였다.

어느 쪽이든 명예가 실추되는 행동이었다.

하나 아카데미 학생이라면, 특히나 기사학부생이라면 응징의 다리로 오라는 결투 신청은 피할 수도, 피해서도 안 되는 게 불문율이었다.

그리고 결투에서 패배한 자는 승리자의 말에 반드시 따라야만 했다. 그것이 응징의 다리라 이름 붙여진 유래였다. 이제껏 그곳을 거쳐 간 많은 학생들은 그 전통을 지켜 왔다.

"작년에는 응징의 다리에서 싸움이 한 번도 없었지, 아마?"

"그러게. 누군지 낯짝 한 번 되게 궁금하다. 신입생이면 더 골 때리겠어."

도착한 물의 정원에는 이미 많은 학생들로 붐비고 있었다. 하지만 호수 한복판에 자리한 응징의 다리를 보는 데는 전혀 지장이 없었다.

"어라? 남녀 대결이네?"

"그것도 라나사다. 쟤가 웬일이냐."

바율과 친구들은 그야말로 깜짝 놀랐다. 얼음 여신 라나사가 풍성한 적금발을 휘날리며 서 있었기 때문이다. 그들은 당최 이 상황이 이해가 가질 않았다.

"저 범생이가 무슨 일이지?"

"상대가 대체 누구길래 저러고 있어?"

반대편 쪽은 등지고 있어 얼굴이 잘 보이지 않았다. 그에 일라이와 에이단이 자리를 옮기려는데, 별안간 로건의 입에서 어울리지 않게 욕설이 튀어나왔다.

"저 망할 자식이⋯⋯!"

"⋯로건?"

바율이 놀라 올려다보자 로건이 이를 앙다문 채 말했다.

"라피트야."

"뭐?"

"얌전히 지내라고 그렇게 누누이 주의를 주었건만, 첫날부터 사고나 치고. 하아, 돌겠군."

로건이 머리를 쓸어 넘기며 동생의 뒤통수를 무섭게 노려보았다.

"헐, 쟤가 로건 네 동생이라고?"

"허우대가 길쭉한 게 진짜 닮긴 닮은 모양이네."

아직 얼굴을 보지 못해서 이목구비는 장담할 수 없지만, 적어도 뒤태만큼은 슈빅의 말처럼 비슷했다. 훤칠한 키 하며, 다부진 몸매가 왠지 실력도 제법일 것 같았다. 로건과 다른 점이 있다면 머리 길이가 형에 비해 짧다는 정도였다.

"근데 무슨 일로 싸우는 거지? 안 말려도 되는 거냐?"

라나사의 실력이라면 같은 학부생인 에이단이 누구보다 잘 알았다. 아무리 세이모어 백작가의 아들이라지만, 갓 입학한 신입생이 라나사를 이길 순 없을 것이다. 더욱이 얼음 여신의 성격상 곱게 봐줄 리 만무했다.

"내버려 둬. 저 자식은 좀 혼나야 해."

동생을 향한 로건의 눈빛은 한심함으로 가득했다. 저 성격에 언젠가 사고를 칠 줄은 알았지만, 그게 오늘일 줄은 몰랐다.

"설마 다치지는 않겠지?"

오랜만에 만난 라피트가 행여 부상이라도 입을까 바율은 걱정이었다. 말리고 싶은 마음이 굴뚝같지만, 형인 로건이 가만히 있으니 먼저 나서기가 좀 뭐했다.

"걱정 마라. 이미 까딱 무슨 일 생기면 신전으로 달려갈 준비까지 다 마쳤으니까."

"슈빅!"

갑자기 들리는 음성에 돌아보니 어느새 슈빅이 다가와 있었다. 녀석이 가리키는 곳으로 고개를 돌리니 정말로 신학부 학생들이 대기하고 있는 게 보였다.

"로건, 네 동생 진짜 재밌는 녀석이더라?"

"무슨 뜻으로 하는 말이야?"

"열여섯 살 주제에 완전 남자던데?"

"그럼 저 녀석이 남자지, 여자겠냐?"

다짜고짜 무슨 당연한 소리를 하는 건지 친구들은 이해가 가지 않았다.

"너희는 라나사가 저기서 왜 저러고 있는 것 같냐?"

"그거야 보나 마나 라피트가 얼음 여신 성질을 건드린 거겠지."

"그러니까 어떻게 건드렸을 것 같으냐고."

시원하게 말은 않고 빙빙 돌려 대니 에이단은 순간 짜증이 확 일었다.

"그냥 얘기하시지?"

"자식, 성질 하고는."

슈빅이 '알았어, 알았어' 하며 현재 사태가 벌어지게 된 경위를 설명했다.

"뭐야, 그럼 정리를 하자면…… 라피트가 라나사에게 고백을 했다?"

"거기에 라나사가 자기보다 약한 남자는 싫다면서 거절을 하는 바람에 이 사달이 난 거고?"

"어, 그랬더니 라피트가 자기가 결투에서 이기면 사귀자고 했대."

"지면?"

"거야 깨끗이 포기하겠지?"

전혀 상상조차 하지 못했던 사건의 전말이었다. 첫눈에 반한 라나사에게 박력 있게 고백한 1학년 신입생. 응징의 다리에서의 결투 결과에 따라 둘이 사귈지, 말지가 결정된다.

새 학기 첫날, 아카데미 학생들의 관심을 끌기에는 충분하고도 남았다.

"기가 차는군."

이유를 듣고 나니 로건은 더욱 어이가 없었다. 입학하자마자 여자에게 한눈이나 팔고, 참으로 라피트다웠다.

'방과 후에 보자.'

형이 자신을 어떤 눈으로 바라보고 있는지 아무것도 모

른 채, 아니 형이 근처에 와 있다는 것조차 인지하지 못한 채 라피트가 응징의 다리에서 라나사에게 다시 한번 고백했다.

"첫눈에 반했습니다. 제 여인이 되어 주십시오."

"난 이미 싫다고 했어."

"선배의 체면을 지켜 드리고 싶습니다."

"그 말은, 내가 질 거라는 뜻인가?"

"아마도요."

"자신감이 넘치는 게 로건을 닮았네."

"…우리 형을 아십니까?"

"모르는 게 더 이상하지 않을까?"

라나사와 로건은 같은 기사학부 학생이자 동기이며 라이벌이기도 했다. 라피트는 로건에 대해 입도 벙긋하지 않았지만, 외모만으로도 그의 동생임을 한눈에 알아보았다.

"하긴, 잘난 구석이 워낙 많은 형이니 그렇겠군요."

"언제까지 이러고 있어야 하지?"

라나사는 얼른 라피트를 치워 버리고 싶었다. 귀찮은 일에 휘말리는 건 질색이지만, 기사학부생으로서 결투를 마다할 수는 없었다. 이참에 확실하게 이겨서 다시는 반했다느니, 사귀자느니 하는 헛소리를 하지 못하게 할 작정이었다.

"정히 끝까지 가야 한다면 하는 수 없죠."

목검을 쥔 라피트가 자세를 고쳐 잡았다.

"먼저 오십시오."

라나사는 거절하지 않았다. 차갑게 가라앉은 눈빛으로 그녀의 신형이 쏜살같이 앞으로 튀어 나갔다.

"드디어 붙었다!"

"우아아아!"

물의 정원이 한순간에 결투장으로 바뀌었다. 이곳저곳에서 응원의 목소리가 터졌다. 기이하게도 대부분의 학생들이 신입생인 라피트가 승리하기를 바라고 있었다. 감히 얼음 여신에게 도전한 신입생의 패기를 높게 쳐준 것 같았다.

"로건, 네 생각은 어때? 동생 실력이라면 네가 잘 알 거 아니야."

"그래, 말 좀 해 봐라. 라피트가 질 것 같냐? 이길 것 같냐?"

"……"

로건은 답하지 않았다. 이기든 말든 그런 것에는 아무 관심 없었다. 녀석은 그저 방과 후에 동생의 정신 개조를 어떤 식으로 할지 고민하는 데 여념이 없었다.

"이야, 1학년 치고 몸놀림이 예사롭지가 않은데?"

라나사와 라피트 간에 빠른 공방이 오갔다. 객관적으로 봐도 둘 다 아카데미 1, 2년생의 수준이 아니었다. 라나사의 실력을 누구보다 잘 아는 동기생들은 그녀에게 밀리지 않고 맞서는 라피트의 능력에 다들 감탄했다.

"역시 세이모어 백작가의 아들이라 이거지?"

"재밌군."

어떤 결론이 날지 퍽 흥미로웠다.

"어, 어!"

"조심해!"

"휴, 보는 우리가 다 떨리네!"

좁은 다리의 폭이 구경꾼들의 심장을 조였다, 폈다 했다. 앞뒤로 공방을 주거니 받거니 하다가 휘청거릴 때마다 보는 이들의 가슴이 다 철렁했다.

"떨어진다!"

"피해!"

그러던 어느 순간이었다. 다들 결투가 생각보다 꽤 길어진다고 여길 즈음, 결국 승패가 났다. 라나사의 공격을 피하다가 허공에 발을 헛디딘 라피트가 버둥거리며 밑으로 추락한 것이다.

첨벙, 하는 소리와 함께 녀석의 길쭉한 몸이 호수에 빠졌다.

"저 자식 수영 못하는데."

"으잉? 뭐라고?"

그런데도 로건의 말투는 너무나 평이했다.

"여기 호수 깊이가 얼마나 되지?"

"정확히는 몰라도 빠져 죽기에는 충분할걸?"

로건은 한숨을 내쉬며 바율을 쳐다봤다. 그래도 동생이니 저대로 둘 수는 없었다. 그런 친구의 마음을 읽은 바율은 고개를 끄덕이며 이노센트를 불렀다.

촤아아악!

볼썽사납게 허우적거리고 있던 라피트의 몸이 별안간 분수처럼 위로 솟구쳤다. 그런 녀석의 옆으로 이노센트가 떠오른 채 일갈했다.

"우 씨! 오늘따라 왜 이렇게 시끄럽게 떠드는 거야? 여긴 내 구역이거든? 한 번만 더 귀찮게 굴어. 싹 다 물벼락 맞게 해 줄 테니까!"

"헉! 저, 저게 뭐지?"

"정령인가 봐!"

갑작스러운 이노센트의 등장에 몰려 있던 학생들이 멍하니 입을 벌렸다. 그들과 또래로 보이는 소녀가 공중에 둥둥 떠 있는 모습이 너무나 신기했기 때문이다.

"이노센트……."

바율은 머리가 지끈거렸다. 라피트를 건져 오라고만 했을 뿐인데, 아무래도 물의 정원에 애착이 심한 녀석이었던지라 화를 참지 못한 듯했다.

본의 아니게 오늘만 벌써 두 번째 정령을 드러낸 꼴이었다. 이러다 셰임과 스피넬까지 전부 불러내게 되는 건 아닌지 바율은 살짝 불안감이 들기 시작했다.

2.

바람의 정령에 이은 물의 정령의 등장에 아카데미가 또다시 시끄러워졌다. 그 탓인지 응징의 다리에서의 결투가 끝났음에도 누구 하나 움직이지 않았다. 다들 이노센트가 만든 분수를 타고 이동하는 라피트의 모습을 홀린 듯이 바라보았다.

"엇? 형도 와 있었네?"

이노센트가 거의 패대기를 치듯 라피트를 물가에 내려놓았다. 녀석의 운동 신경이 좋았길 망정이지 다칠 수도 있는 세기였다.

그에 바율이 실눈을 뜨자 이노센트가 '흥!' 하더니 이내 자취를 감췄다. 물의 정원을 시끄럽게 한 주범을 살려 준 것만으로도 고맙게 여기라는 뜻이었다.

흠뻑 젖은 머리칼이 라피트의 얼굴을 보기 흉하게 뒤덮고 있었다. 그것이 못내 못마땅하다는 듯 로건에게서 싸늘한 말투가 흘러나왔다.

"마지막 수업이 끝나면 바로 연무장으로 튀어와."

"연무장? 갑자기 거긴 왜?"

"…정말 그 이유를 몰라서 묻는 거냐?"

로건의 황금색 눈동자가 평소보다 짙게 변했다. 라피트의 경험상 그건 상당히 좋지 않은 징조였다.

"아, 알았어. 갈게. 가면 되잖아."

형의 기세에 눌린 라피트는 일단 위기를 모면하기 위해 고개를 끄덕이며 약속했다.

"라피트!"

그때 바율이 라피트에게로 한 걸음 다가섰다.

"…바율 형?"

오랜 시간 보지 못해 한 번에 알아보진 못했지만, 라피트가 바율을 몰라볼 리 없었다. 녀석이 반가움에 활짝 웃으며 바율을 덥석 안았다.

"형! 진짜 반갑다! 잘 지냈어?"

"그럼, 잘 지냈지. 너야말로 어떻게 지냈어? 키가 전보다 훨씬 더 커졌는데?"

라피트 때문에 바율의 옷까지 축축하게 젖었지만 상관없었다. 로건의 동생이니 바율에게도 친동생이나 마찬가지였다. 못 본 사이 훤칠하게 자란 라피트는 슈빅의 말대로 로건을 똑 닮아 있었다.

"참! 바율 형, 백작님 된 거 축하해! 방금 전에 나 구해 준 것도 형이지?"

처음엔 허우적거리느라 무슨 일이 일어난 건지 인지하지 못했지만, 자신이 물을 탄 채 이동 중인 것을 자각한 순간 바로 물의 정령을 떠올렸다.

"사실 난 호수에 빠지면 라나사 선배가 구해 줄 줄 알고 기대하고 있었거든. 좀 아쉽네."

"이 자식이 아직도 정신을 못 차렸지? 입학하자마자 이게 무슨 난리냐? 아버지께서 아시면 얼마나 기함하시겠냐고!"

"형이 그랬다면 몰라도, 내가 그런 건데 뭘 기함까지 하셔. 그냥 또 사고 쳤다고 생각하시겠지."

머리의 물기를 털어 내며 라피트가 대수롭지 않게 받아칠 때였다.

"거기, 너!"

날카로운 음성과 함께 별안간 라나사가 나타났다. 결투가 끝났으니 돌아갔을 줄 알았는데, 여긴 무슨 일로 왔는지 의아했다.

"저 말인가요, 선배?"

라나사가 자신을 찾는다는 게 기쁜 듯 라피트가 그녀의 앞으로 쪼르르 달려가 눈을 맞췄다.

"너 왜 그랬어?"

"네?"

"내가 모를 줄 알았어?"

"선배, 무슨 말인지……?"

"조금 전에 일부러 져 준 거잖아! 충분히 공격할 수 있는 상황이었는데, 고의로 발을 헛디딘 것 맞지?"

"…그게 그렇게 티가 났습니까?"

라피트가 입맛을 쩝 다시며 목덜미를 긁적였다.

"아무도 모를 거라 생각했는데, 완전 매의 눈을 가지셨 네요."

"이유가 뭐야?"

"다리에서 말씀드렸잖아요. 선배 체면 지켜 드리고 싶다 고."

"핫! 그러니까 여전히 네가 날 이길 수 있다, 그거야?"

"선배보다 약한 남자는 싫다면서요."

"그런데?"

"그러니 당연히 강해야죠. 제가 한번 마음먹으면 끝을 보는 성격이라서, 선배는 저를 절대 이길 수 없을 겁니다."

어디서 그런 자신감이 나오는지 라피트가 호언장담을 했다. 관계가 없는 바율과 친구들도 녀석의 이상한 논리에 어이가 없는데, 당사자인 라나사는 여간할까.

라피트를 매섭게 노려보던 라나사가 돌연 미소를 지었다.

"너 또라이구나?"

라나사의 입에서 어울리지 않는 단어가 튀어나오자 바율과 친구들은 화들짝 놀라며 시선을 주고받았다. 얼음 여신이 화가 나면 무슨 일이 벌어지는지 그들은 아직 아는 것이 없었다.

"가끔 듣는 말이긴 합니다."

"좋아. 또라이는 그 수준에 맞춰서 상대해 줘야지."

라나사가 목검으로 라피트를 겨눈 채 말했다.

"오늘 결투는 무효야. 일부러 져 주었다는 둥 헛소리를 나불거릴 거라면 꿈 깨."

"그럴 생각은 추호도 없었는데요."

"방과 후 연무장에서 다시 붙어. 그땐 최선을 다해야 할 거야."

이런 식으로 찝찝하게 끝내는 건 그녀의 방식이 아니었다. 떼어 놓을 때는 확실하게 떼어 놓아야 뒤탈이 없을 것이다. 다시는 치근덕거리지 못하도록 오늘 아주 끝장을 볼 생각이었다.

"꼭 오늘이어야 하나요?"

"도망칠 생각은 안 하는 게 좋을 거야."

"그게 아니라, 조금 전에 형과 이미 약속을 했거든요. 수업 끝나자마자 연무장으로 오라고 해서…… 맞지, 형?"

로건은 하는 수 없이 그렇다고 인정했다.

"형이랑은 잠깐이면 될 것 같은데, 혹시 기다려 주실 수 있나요?"

"…그러지."

형제가 함께 수련이라도 할 모양인데, 그런다고 달라지는 건 없었다.

라나사가 마지막으로 라피트를 쏘아보더니 인사도 없이 획 돌아서 걸어갔다. 그런 그녀의 뒷모습마저 사랑스럽다는 듯 라피트가 눈길을 떼지 못했다.

"오호! 일부러 져 주었다? 재대결을 한다는 거지?"

이런 급보는 빨리 알려야 할 의무가 있었다.

"얘들아, 나 먼저 갈게!"

슈빅이 신이 나서는 아이들이 몰려 있는 곳으로 빠르게 뛰어갔다.

"아무튼, 저 자식이 아카데미에서 제일 바쁘지. 그나저나 완전 제대로 반했나 보네. 고백하는 태도가 남자답고 멋지다!"

"그러냐? 난 좀 많이 웃긴 것 같다. 로건이랑은 진짜 생긴 것 빼고는 비슷한 점이 하나도 없잖아. 너희 친형제 맞긴 한 거냐?"

일라이와 에이단의 대화에 라피트가 그제야 형의 친구들을 돌아봤다. 바율 말고는 다들 초면이었다. 로건은 말이 많은 편도 아니어서, 가족에 대해선 들은 바가 전혀 없었다.

"형, 소개 안 해 줄 거야?"

"내가 소개할게."

로건의 심기를 염려한 바율이 자진해서 나섰다.

"이쪽부터 퀸, 일라이, 에이단이야. 퀸은 보시다시피 인어족이고, 일라이는 마법학부, 에이단은 너와 같은 기사학부생이야."

"이렇게 삐쩍 마르고 작은 몸으로 기사학부생이라고?"

"…너 지금 뭐라고 했냐?"

라피트가 금기어나 다름없는 말을 툭 내뱉자, 에이단의 낯빛이 바뀌었다. 근래 와서는 들어 본 지 꽤 오래된 망언이었다.

"네 형보다 내가 먼저 손을 좀 봐야 할 것 같은데?"

"그쪽이 나를?"

라피트가 조금 전의 라나사보다 더 어처구니없다는 듯한

표정을 지었다. 세이모어 백작가의 자손으로 태어나 가족이 아닌 남에게서는 생애 처음으로 들어 보는 말이었다.

"아니야, 잠깐! 이거 언젠가 들어 본 적 있는데."

갑자기 라피트가 손을 들더니 뜬금없이 눈을 감았다.

"얘 왜 이래?"

"기다려 봐. 생각 중이라고!"

기억이 날 듯 말 듯했다. 라피트가 눈을 꾹 감은 채 인상을 그득 쓰고 기억의 주머니를 헤집었다.

"…맞아! 그때 그 꼬맹이!"

"꼬, 꼬맹이?"

라피트의 이 연타 공격에 에이단이 휘청거렸다.

"에이단 슈 레오레트 맞지?"

"이게 어디서 선배의 이름을 함부로 지껄여! 진짜로 맞아 볼래?"

"나 기억 안 나?"

"…뭐?"

"몇 해 전 황궁에서 본 적 있잖아. 그때는 지금보다 이만큼은 더 작았던 것 같은데, 많이 컸다?"

이건 또 무슨 소리인가?

라피트와 에이단이 초면이 아니라고?

바율과 친구들이 설명 좀 해 보라는 듯 에이단을 응시했지만, 어째선지 녀석은 고개만 기울인 채 말을 잇지 못했다. 에이단의 초록빛 눈동자가 소용돌이치고 있었다.

"로건."

그러던 녀석이 불쑥 로건을 찾았다.

"너 캐링스턴에 입학하기 전에 나랑 황궁에서 마주친 적 있냐?"

"…입학 전에?"

"어."

"없는 것 같은데. 베르가라엔 아주 어릴 때 빼고는 사절단으로 간 게 처음이라서."

"그렇단 말이지……."

에이단의 입가가 묘하게 비틀렸다.

이제야 수수께끼가 풀렸다. 로건은 지난날 에이단에게 저지른 잘못을 기억하지 못하는 게 아니었다. 둘은 만난 적도 없으니 잘못을 하려야 할 수도 없었다.

"라피트, 너 그때 왜 그랬냐?"

"응? 뭐가?"

"내가 이름을 물어봤을 때, 넌 분명 라피트가 아니라 로건이라고 했어. 세이모어 백작가의 장남이란 말까지 덧붙였지."

"아아, 그거?"

에이단의 지적에 라피트가 슬쩍 형을 살폈다. 기회를 틈타 도망치려는 속셈이었는데, 로건의 동작이 한 박자 빨랐다.

녀석이 비호같이 라피트의 멱살을 붙잡았다.

"너 또 내 이름 팔고 다녔냐?"

"아, 아니! 팔고 다니기는 무슨! 오해야, 오해! 형, 나 안 그랬어!"

더듬거리는 말투 하며 하얗게 질린 얼굴이 잘못을 시인하는 것이나 다름없었지만, 라피트는 격하게 고개를 흔들었다. 여기서 그랬다고 인정을 했다가는 무슨 사달이 날지 몰랐다.

"그때 에이단에게 무슨 짓 했어? 네가 대체 무슨 짓을 했기에 저 녀석이 그토록 날 잡아먹으려고 안달이었냐고! 어서 말 못 해?"

"벼, 별거 안 했어! 그냥 쪼그맣다고 놀린 게 다야."

"기억에 오류라도 생기셨나?"

에이단이 살벌한 눈빛으로 또박또박 힘주어 말했다.

"내 모자. 그걸 네가 어떻게 했더라?"

"얼른 말 안 해?"

로건의 독촉에 라피트가 결국 입을 열었다.

"나뭇가지에…… 걸었어."

"나뭇가지에 걸어?"

"응…… 좀 높은 데다가…… 난 그냥 장난 좀 친 거야! 꼬맹이가 어울리지 않는 모자를 쓰고 왔기에 재밌어서 그랬던 거라고……."

당시 에이단이 쓰고 있던 모자는 잉그리드를 재우기 위한 페도라였다. 한데 라피트가 그걸 마음대로 빼앗아 에이단의 키로는 닿지 않는 높은 가지에 올려 두는 바람에 한동안 고생을 해야만 했었다.

그날의 치욕이 다시금 떠오르자 녀석의 만면에 분노가 차올랐다.

"헐, 듣자 하니 그럼 에이단은 여태껏 로건을 오해하고 있었던 거네?"

"동생의 죄를 뒤집어쓰고 있었던 셈이로군."

에이단이 로건을 얼마나 미워했는지 익히 알고 있는 그들이었다. 라피트가 의도한 것은 아니겠지만, 녀석의 거짓말로 인해 첫 단추가 잘못 끼워졌다. 그리고 그간 많은 일들이 있었다.

"방과 후까지 기다릴 필요가 없을 것 같다."

"그때 당한 수모를 당장 갚아 주겠어!"

로건과 에이단이 한마음 한뜻이 되었다. 둘이 동시에 라피트를 향해 응징의 주먹을 날렸다.

"얘, 얘들아, 잠깐!"

둘의 심정이 이해는 가지만, 라피트를 이대로 방치할 수는 없었다. 주위에 보는 눈도 많을뿐더러, 혹여 이러다 크게 다치기라도 하면 로건과 에이단이 문책을 당할 것이다.

"셰임!"

바율은 자기도 모르게 셰임의 이름을 외쳤다. 다른 수가 떠오르지 않았다. 오직 막아야 한다는 생각뿐이었다.

스스스슥—

그러자 근처에 있던 나뭇가지가 순식간에 뻗어 나와 로건과 에이단의 팔을 붙들고, 땅에서는 뿌리가 튀어나와 발목을 휘감았다. 둘의 사지를 포박한 것이다.

"바율, 너 이거 무슨 짓이야?"

"당장 안 풀어?"

"여기서는 안 돼. 좀 참고 나중에 하면 안 될까?"

이노센트가 사라지고 나서도 많은 학생들이 돌아가지 않고 있었다. 그들은 나뭇가지와 뿌리가 저절로 움직이자 깜짝 놀라서는 쑥덕거렸다. 그나마 셰임이 모습을 보이지 않은 게 다행이었다.

"라피트."

바율의 신호에 라피트가 망설이지 않고 전속력으로 도망

쳤다. 무시무시한 방과 후가 녀석을 기다리고 있었지만, 일단은 최대한 멀리 벗어나는 게 시급했다.

3.

요란했던 점심시간이 지나가고 드디어 방과 후가 찾아왔다. 라피트에겐 영영 오지 않았으면 하는 마음과 빨리 왔으면 하는 마음이 함께 드는 모순적인 순간이기도 했다. 응당 후자는 라나사를 다시 만날 수 있기 때문이었다.

형에게 대련을 빙자한 구타를 당할 게 뻔하지만, 사실 그쯤은 이미 이골이 나서 별걱정은 안 되었다.

문제는 형의 친구라는 에이단이었다. 황궁에서 사기(?) 쳤던 게 이런 식으로 걸릴 줄은 몰랐다. 이걸 어떻게 수습해야 하나 머리를 엄청나게 굴려 보았지만, 딱히 수가 떠오르지 않았다.

"그냥 무조건 잘못했다고 비는 수밖에 없는 건가?"

근데 그건 또 모양새가 좀 빠지는지라 고민이 되었다. 라나사 선배도 보게 될 텐데, 행여 자신을 나쁘게 생각하게 되는 건 아닌지 근심스러웠다.

"거기서 아는 척을 하는 게 아니었는데!"

이제 와 후회해 봤자 소용없었다. 이미 엎질러진 물이었고, 지금은 그걸 잘 닦아 내야 할 때였다.

"저기 온다!"

"진짜 재대결을 하나 봐!"

고개를 푹 숙인 채 연무장으로 터벅터벅 걸어가는 라피트의 귀로 소란한 말소리가 흘러들어 왔다.

"뭐야? 사람이 왜 이렇게 많아?"

설마 방과 후에 연무장에서 늘 이렇게 많은 인원이 수련을 한다는 건가? 그것도 새 학기 첫날부터?

캐링스턴 아카데미가 학구열이 높은 곳이라고 듣기는 했지만, 이 정도일 거라고는 예상하지 못했다. 세이모어 백작가의 차남으로서 이런 시선쯤이야 익숙했지만, 현재로선 반갑지 않은 게 사실이었다.

잠시 후 그는 형에게 구타를 당할 것이고, 첫눈에 반한 여인과 중한 결투를 벌일 예정이었다. 그런 중차대한 순간을 어중이떠중이들과 함께하고 싶지 않았다.

"형은 왜 날 이런 데로 불러낸 거야?"

평소 관심 끄는 행동은 딱 질색하면서 이상한 결정이었다.

"왔냐?"

로건이 목검을 어깨에 걸친 채 동생을 맞았다. 초행인지라 시간이 좀 걸린 라피트와 달리 그와 친구들은 진즉에 도착해 있었다. 조금 떨어진 곳에는 라나사가 벽에 기댄 채 그들을 주시하고 있었다.

"형, 내가 생각을 좀 해 봤는데…… 우리 장소를 옮기는 게 어떨까?"

"왜? 보는 눈들이 너무 많아서 그러냐?"

에이단이 눈망울을 사납게 뜨며 라피트에게 일갈했다.

"아니, 난 별로 상관은 없는데…… 지금 이게 아버지의 귀에 들어가면 그다지 좋아하실 것 같지는 않아서 말이지……."

많은 학생들이 보는 앞에서 형이 동생을 벌한다. 마땅한 이유가 있더라도 아버지의 입장에서는 속상하실 법한 일인 것은 분명했다.

"그래, 로건. 라피트 말이 맞아. 오늘은 일단 넘어가는 게 어때?"

여기서 라피트의 편을 들어 주는 건 바율이 유일했다. 로건과 에이단은 합심해서 이를 갈고 있었고, 일라이와 퀸은 팔짱을 낀 채 관망 중이었다.

"아까부터 계속 참았는데, 나보고 또 참으라고? 아니, 난 못 해. 오늘 여기서 아주 끝장을 볼 거야!"

에이단은 그날의 수모를 반드시 갚아야만 했다. 기고로

은혜는 두 배로 갚고, 원수는 열 배로 갚으라고 하였다. 녀석은 물러설 생각이 전혀 없었다.

"바율, 템페스타에게 부탁해서 구경하는 애들 다 날려 보내라고 하면 어떨까?"

"템페스타에게?"

"응, 그게 그 녀석 특기잖아."

일라이가 제시한 해결책에 친구들이 반색한 반면 바율은 고개를 저었다. 역사 수업 때 보았던 수많은 원망의 눈초리가 마음에 걸렸기 때문이다. 전부 안전하게 땅으로 내려서긴 하겠지만, 그 이후의 부작용에 대해서는 바율이 어떻게 할 수 없었다. 로티어스 교수님은 구토까지 하지 않으셨던가.

"그건 좀 아닌 것 같아."

"그럼 셰임에게 부탁하는 건? 나무로 연무장 주변을 둘러싸면 하나도 안 보일 것 같은데."

"나무를 타고 기어오를 수도 있지 않나?"

좋은 지적이었다. 퀸의 반론에 다들 침묵하는데, 일라이가 딱 맞는 수를 생각해 냈다.

"이번엔 스피넬이다. 녀석이 딱 적격이야."

"스피넬이?"

"불의 장막을 쫙 펼치는 거지. 어디 뜨거워서 구경이나 제대로 하겠냐? 다들 놀라서 도망가기 바쁠걸?"

"오, 그거 일리 있네. 바율, 스피넬 당장 불러내라!"

"…꼭 그렇게까지 해야 하는 거야?"

템페스타에 이어 이노센트, 셰임까지 나섰다. 이번에 스피넬까지 등장하면 오늘 하루 만에 사대 정령이 모두 나타난 꼴이다.

이걸 아버지께서 알게 되시면 뭐라고 하실까.

또 황궁에서는 어찌 생각하실까.

특무대신이라는 직함까지 받았는데, 과연 이제 잘하는 행동인지 바율은 의문이었다.

"난 상관없어. 아버지께서 아시는 날엔 이 녀석만 더 혼쭐이 나겠지."

로건은 아주 작정을 한 상태였다. 이번 기회에 라피트의 정신을 철저하게 개조할 참이었다.

"바율 형……."

라피트가 간절한 눈빛으로 바율을 바라보았다. 녀석의 눈에는 많은 감정이 담겨 있었다. 아버지에게 알려지는 것을 막아 주고, 자신도 좀 구해 달라는 애절함이 아주 절절했다.

"스피넬."

바율은 하는 수 없이 스피넬을 부를 수밖에 없었다.

"네, 바율. 부르셨습니까."

화려한 불꽃을 튀기며 스피넬이 등장했다. 바율도 이제는 에라 모르겠다는 심정이었다. 이렇게 된 거 차라리 다 보여 주고 더 이상 궁금하지 않도록 학생들의 호기심을 해소해 버리기로 마음먹었다.

"와아! 부, 불의 정령이다!"

"온몸이 불타오르고 있어!"

"대, 대박!"

사대 정령 중 겉모습으로만 따지자면 스피넬이 단연 압도적이었다.

전신이 활활 타오르는 불로 뒤덮인 그녀의 모습은 두려움과 경이로움을 동시에 불러일으켰다.

"저기, 스피넬. 미안한 부탁인데, 여기 연무장에 벽을 좀 만들어 줄 수 있겠어? 보다시피 사람들이 너무 많아서 시야를 차단하고 싶거든."

"그럼요. 문제없습니다."

언제나처럼 듬직한 대답이 돌아왔다.

"지금 바로 시작할까요?"

"응, 아무도 다쳐서는 안 된다는 거 알지?"

"물론입니다."

스피넬은 여유롭게 미소 지으며 주변을 쓱 돌아보았다. 그 한 번의 움직임으로 인해 별안간 연무장 한복판에 불기둥이 세워졌다. 그것이 원을 그리며 이동하자 자연스레 불의 장막이 생겨났다.

"으, 으아! 불이닷!"

"연무장이 불로 뒤덮였어!"

장막 너머로 아이들의 고함이 들려왔다. 안을 볼 수 없는 건 당연하고, 뜨거운 열기에 가까이 다가가기도 힘들었다.

장막 안에는 바율 일행과 라피트, 라나사만이 남았다.

"야! 너희 너무 치사한 거 아니냐! 이러는 게 어디 있냐고!"

어디선가 슈빅의 외침이 들려왔지만, 아무도 귀담아듣지 않았다. 이번에야말로 점심시간에 끝내지 못했던 볼일을 마무리해야 할 때였다.

"자, 들어!"

로건이 라피트에게 휙 목검을 던졌다.

"규칙은 전과 똑같다. 네가 내 옷자락만 건드려도 네가 이기는 거야."

"진짜지? 약속하는 거다. 작년의 내가 아니라고."

로건이 아카데미에 입학한 사이에 라피트라고 놀고만 있었던 것은 아니었다. 녀석도 나름대로 피나는 훈련을 해 왔다. 검술의 천재라고 불리는 형을 이길 순 없어도 옷자락이나면 충분히 승산 있었다.

"와라."

로건이 검을 내린 자세로 라피트에게 손짓했다.

"절망의 신이여, 제가 가호를 내려 주십시오!"

라피트가 난데없이 데스를 찾고는 로건에게 달려들었다.

"바율, 쟤네 영지에서도 절망의 신을 믿나 보지?"

"내가 알기로는 아닌데……."

"근데 데스는 왜 불러?"

"글쎄…… 아카데미에 있는 신전이라서 그런 걸까?"

"뭐가 되었든 참 바보 같은 녀석이네. 어디 빌 데가 없어서 마족 놈에게 가호를 찾냐? 틀려먹었어."

일라이의 부정적인 반응은 데스에 대한 반감으로 비롯된 것이었지만, 상황은 그의 말과 크게 다르지 않게 흘러갔다.

"악!"

"……."

"아프잖아!"

"……."

"형, 너무하는 거 아니야?"

"……."

"왜 때린 데를 또 때리고 그래!"

로건은 말이 없었다. 반면 둔탁한 소음과 함께 라피트의 고통 어린 외침은 끊임없이 터졌다. 로건의 목검을 받아 내는 걸 보면 녀석의 실력도 만만치 않은데, 두 살 터울의 한계는 끝내 극복하지 못한 것인지 결국 항복을 선언했다.

"아 씨, 그만! 내가 졌어! 됐냐?"

"아니, 아직 멀었어."

동생의 정신머리를 위해 로건은 평상시보다 더욱 독하게 몰아세웠다. 그 덕에 라피트의 괴성이 한동안 불의 장막 안을 가득 채웠다.

"오늘과 같은 사고, 한 번만 더 쳐 봐. 그땐 바로 아버지께 고해바칠 테니까."

"네, 네! 명심하겠습니다, 형님!"

온몸이 흠뻑 땀으로 젖은 채 라피트가 바닥에 널브러졌다. 라나사가 보는 앞에서 개망신을 당한 탓에 입이 댓 발이나 나와 있었지만, 더 이상 반항할 힘이 남아 있지 않았다.

"자, 그럼 이제 내 차례인가?"

로건이 물러서고 에이단이 라피트에게로 다가갔다. 녀석이 씩 웃으며 밑을 내려다보았다.

"뭔데? 너도 나랑 붙겠다는 거냐?"

탁!

"아야! 갑자기 사람을 왜 치는 건데?"

안 그래도 열 받은 참에 에이단이 목검으로 이마를 내려
치자 라피트가 벌떡 일어났다.

"계속 그렇게 반말할래?"

"뭐?"

"나는 2학년. 너는 신입생. 에이단 선배님이라고 해야겠
지?"

"선배는 무슨! 조기 입학한 거 다 알고 있거든? 나랑 같
은 열여섯 살이잖아!"

딱!

이번에는 로건이었다. 그가 동생의 뒤통수를 세게 갈겼
다.

"나이는 같아도, 학년이 다르니 엄연한 선배다. 존대해."

"형! 형은 대체 누구 편이야? 이쪽이 아니라 내가 형 동
생이거든?"

"내가 네 형인 걸 다행인 줄 알아. 안 그러면 넌 벌써 죽
었어."

어려서부터 수없이 말썽만 피워 대는 라피트 때문에 로
건이나 그의 부모님이나 매일같이 골치를 앓았다. 그래도
천성까지 나쁜 아이는 아니라서 그나마 다행이랄까.

그저 호기심이 많고, 머리보다 몸이 먼저 나가며, 장난이
좀 지나친 것이 흠이었다.

아카데미에 입학하면 정신 좀 차릴 줄 알았는데, 첫날부터 거하게 사고를 치는 통에 로건은 그야말로 인내심의 한계를 느끼는 중이었다.

"그리고 황궁에서의 일, 제대로 사과해."

안 하면 알지?

형의 서슬 퍼런 눈빛에 라피트는 결국 웅얼거리며 사과했다.

"…미안합니다."

"뭐라고? 잘 안 들리는데?"

"…미안하다고요."

"그 뒤로 뭔가 하나가 더 붙어야 할 것 같은데?"

"네에! 선.배.님. 정말 죄송하게 되었습니다! 다시는 그런 일 없도록 시정할 테니 그만 노여움을 풀어 주시지요!"

"훗, 진심은 아닌 것 같지만, 일단은 넘어가 주지."

로건 때문에 억지로 사과하는 걸 에이단이 어찌 모르겠는가. 생각 같아선 이제라도 아주 아작을 내고 싶었다만, 자신도 잘못한 것이 있기에 여기까지만 하기로 했다.

"로건, 나도 미안하다."

에이단이 로건에게 사죄했다.

"그간 오해해서 미안해. 네 입장에선 황당했을 텐데, 시끄러워지기 싫어서 참았던 거겠지? 이제라도 오해가 풀려서 정말 다행이다."

에이단이 로건에게 손을 내밀었다. 영원히 볼 수 없을 줄 알았던 장면이 연출되는 순간이었다.

"동생 일은 미안하다. 나도 사과할게."

로건이 에이단의 손을 잡으며 라피트를 대신해서 다시 한번 사과했다. 훈훈한 순간이었다.

"휴, 이렇게 마무리가 되는 건가?"

예상보다 좋게 끝난 것 같아서 바율은 안도했다. 로건과 에이단의 사이가 회복되었다는 것이 무엇보다 기뻤다.

"아직 하나가 더 남았잖아."

퀸이 안도하기엔 이르다며 홀로 서 있는 라나사를 가리켰다. 그녀가 그제야 그들을 향해 걸어왔다.

"선배, 많이 기다리셨죠?"

라피트가 서둘러 몸을 털어 내며 라나사에게로 달려갔다. 그녀가 그런 라피트를 한심하다는 듯 훑어 내렸다.

"그 꼴로 나와 대련을 할 수 있겠니?"

"물론이죠! 전 괜찮습니다."

"그랬다가 나중에 딴말하려고?"

라나사는 절대 그렇게 놔둘 수 없었다.

"오늘은 상태가 영 아닌 것 같으니까 다음으로 미루지. 바율, 이제 그만 이 불 좀 거둬 주겠어?"

누가 얼음 여신 아니랄까 봐 라나사는 정령을 보고도 전혀 놀란 기색을 내비치지 않았다.

"으응, 알았어."

바율은 즉각 불의 장막을 치웠고, 라나사가 유유히 그들에게서 멀어졌다. 이제 고작 새 학기 첫날을 시작했을 뿐인데, 바율은 개학하고 몇 달은 지난 것 같은 피곤함을 느꼈다.

Chapter 8.
새로운 손님

1.

새 학기 첫날을 떠들썩하게 보낸 것에 비해 순조로운 나날이었다. 로건의 경고가 먹혔는지 라피트도 더는 사고 치지 않았고, 바율을 향한 부담스러운 시선들 역시 점차 줄어들었다.

여전히 바율을 어려워하는 아이들이 있긴 했지만, 시간이 지나자 대부분 이전처럼 대해 주었다. 간혹 친하게 지내고 싶다며 과할 정도로 친근하게 다가오는 학생들 때문에 곤혹스러운 점만 빼면 제법 순탄한 학기였다.

똑똑.

"들어오세요."

안에서 들리는 부드러운 음성에 바율은 미소를 지으며 문을 열고 들어갔다.

"오, 그래. 바율이구나."

바그너 사제가 반색하며 자리에서 일어나 바율을 맞았다.

"인사가 늦었습니다. 그간 잘 지내셨습니까?"

"나야 늘 똑같지. 바율 넌 어찌 지냈느냐? 소식은 들어서 알고 있다만, 네 입으로 직접 듣고 싶구나."

바그너 사제가 바율을 자리에 앉히며 따뜻한 차를 내왔다.

"저야 뭐 좀 정신이 없기는 했었습니다만, 이제는 괜찮습니다. 아카데미에 복귀하니 집으로 돌아온 것 같기도 하고 마음이 편안합니다."

"2학년이 되더니 좀 더 어른스러워진 느낌인걸?"

바그너 사제가 바율 앞으로 찻잔을 내밀며 웃었다.

"들거라. 요즘 같은 환절기 날씨에 몸을 보해 주는 차다."

"감사합니다."

바그너 사제가 김이 모락모락 오르는 차를 마시는 바율을 물끄러미 바라보았다.

묘한 아이였다. 란데르트 공작의 부탁으로 입학 초부터

특별히 신경을 써 왔는데도, 정작 녀석에 대해 제대로 아는 바가 없었다.

처음 기절하고 신전에 업혀 왔던 날, 괴이했던 그 현상이 실은 정령이었다는 것을 이제는 바그너 사제도 알고 있었다.

하지만 절망의 신과의 강한 친화력은 아직도 연유를 알 수가 없었다. 이제는 굳이 직접 몸에 손을 대지 않아도 느껴질 정도로 커졌다. 고위 사제는 진즉에 넘어섰고, 어쩌면 대주교, 아니, 교황보다 더할지도 모른다.

혹시 정령이라는 것과 어떤 관계가 있는 건 아닐까?

일전에 바율이 데려왔던 리타라는 아이에게서도 엄청난 기운을 느꼈었다.

그 아이 또한 바율과 함께 있다 보니 영향을 받았을지도 모른다.

바그너 사제가 오늘 바율을 부른 것은 그러한 궁금증을 조금이나마 해소해 보려는 의도였다.

"제게 궁금하신 점이 있으신 거지요?"

바율도 눈치라는 게 있었다. 바그너 사제에게 건강 검진을 받지 않은 지도 벌써 몇 달이었다. 한데 신학부 학생도 아닌 그를 갑작스레 찾은 이유는 아마도 데스와의 친화력 때문일 터였다.

작년에 리타를 보고 소스라치게 놀라시던 모습이 생생하게 기억이 난다. 이번에는 또 무슨 말로 모른 척 넘겨야 할지 고민이었다.

"내 얼굴에 그리 티가 나나 보지?"

"괜찮으니 하문하십시오."

"그래, 네가 그렇게 나와 주니 나도 편하게 물어보겠다."

바그너 사제는 뜸 들이지 않고 바로 본론으로 들어갔다.

"네 친화력 말이다. 혹시 그게 정령과 관계가 있는 것이니?"

"정령이요?"

예상에서 약간 빗나간 질문에 바율의 눈이 동그래졌다.

"난 사실 정령이 무엇인지 잘 모른다. 오랜 가뭄에 시달리던 황도에 비를 내리게 했으니, 그저 대단한 존재라고 생각할 뿐이다."

"해서 정령으로 인해 절망의 신과의 친화력이 높아진 것은 아닐까, 그리 생각하신다는 겁니까?"

"나로서는 이 이상 현상을 그렇게 여길 수밖에 없구나. 바율, 네가 가진 친화력은 여태 어디서도 본 적이 없을 정도로 독보적이다. 같이 왔던 여자아이도 그렇고. 이걸 내가 교구와 교황청에 보고하면 아마 난리가 날 것이다."

그렇게 되면 바율은 또 한 번 화제의 중심이 될 뿐 아니라, 격변을 맞이하게 될 터였다. 바율의 입장에서 그건 정말이지 피하고 싶었다.

"일단 사제님의 물음에 답변부터 하자면, 정령과는 전혀 상관이 없습니다."

"그래?"

"네. 정령은 마신이나 천신 등 어떤 신과도 관계가 없는 이들입니다."

"그렇구나. 하면 네가 지닌 친화력은 어찌 설명할 수 있을까?"

"송구하지만, 그건 여전히 저도 잘 모르겠습니다. 일전에 말씀드린 것처럼 저 역시 이게 어떻게 된 일인지 이해가 가질 않습니다."

바율의 입에서 거짓말이 술술 나왔다. 사실은 데스와 근 1년을 동고동락하면서 자연스럽게 이리된 것이었지만, 그걸 곧이곧대로 말할 수는 없지 않은가.

바그너 사제님 같은 좋은 분에게 거짓을 말할 수밖에 없다는 게 진심으로 죄스러웠다.

"부탁 하나만 드려도 될까요?"

"내게 말이니?"

"네, 이 일에 관해서는 사제님만 아셨으면 좋겠습니다."

바그너 사제가 교황청 얘기까지 꺼내니 바율로서는 걱정이 들지 않을 수 없었다.

"사제님께서 이토록 궁금해하시니 이제라도 이유를 좀 찾아보도록 하겠습니다."

"직접 알아보겠다는 뜻이냐?"

"솔직히 말씀드리면 이전까지는 별생각이 없었습니다. 친화력이 있다는 게 나쁜 것도 아니고, 그 자체로 몸을 보호해 준다고 하시지 않으셨습니까? 그래서 좋은 게 좋은 거라고 여기고만 있었는데, 사제님께서 이렇게까지 말씀하시니 저도 조금은 심각하게 받아들여야 할 것 같아서요."

"그래, 바율. 이건 정말이지 우리 측 입장에선 굉장한 일이란다! 네가 지금이라도 그렇게 말해 주니 고맙구나!"

"한데 한 가지 궁금한 게 있습니다."

"뭐든 물어보거라."

"친화력으로 제가 뭔가를 할 수 있는 겁니까? 사제님께서 신성력으로 환자를 치료하시는 것처럼 말입니다."

"물론이다. 너 역시 가능해. 처음엔 경험이 없어서 좀 더디겠지만, 강한 친화력을 타고났으니 어쩌면 나보다 월등한 치유력을 발현할지도 모르겠구나."

"…제가 환자를 치료할 수 있다고요?"

바율은 그저 예를 들었을 뿐이었다. 그런데 진짜로 그게 가능하다니, 너무나 뜻밖의 얘기에 정신이 다 혼미했다. 이건 전연 생각지도 못한 전개였다.

하지만 바그너 사제의 말은 끝난 게 아니었다.

"그뿐이 아니다. 너처럼 친화력이 특출한 경우에는 데스페라티오 님의 힘을 전승했을 수도 있다."

"전승이요……?"

"쉽게 말해 데스페라티오 님의 힘을 현실에서 사용할 수도 있을 거란 뜻이지."

"예에에에?"

데스의 힘을 내가 사용할 수 있다고?

단언컨대 올해 들어 가장 놀라운 순간이었다. 바꿔 말하면 인간인 자신이 마족의 마력을 쓸 수 있다는 의미이지 않은가.

아무리 바그너 사제의 말이라지만 쉬이 믿을 수가 없었다.

"놀랍겠지. 하나 사실이란다."

"…하면 절망의 신이 가진 능력이 무엇입니까?"

"글쎄…… 워낙 고위 마족이시니 가진 바 능력이야 무궁무진하시겠지. 네가 여쭤보는 건 어떨까?"

"제가 말입니까?"

확실히 데스에게 직접 물어보면 빠른 답을 얻을 수는 있을 것이다. 그러나 바그너 사제는 데스의 존재에 대해 아는 바가 없다. 무슨 뜻으로 하는 말인지 알 수 없어 바율이 당황하자 그가 웃으며 대답했다.

"네 친화력이 높으니 하는 말이다. 혹시 아니? 기도하면 응답해 주실 수도."

절망의 신전을 찾는 모든 신도들이 그토록 바라는 그것을, 어쩌면 바율은 쉽게 얻을 수 있을 듯했다.

녀석이 란데르트 공작가의 후계자인 게 다시 한번 안타까운 순간이었다. 신학부에 입학만 한다면 탄탄대로가 열릴 것이 자명한데, 신분이 신분인지라 차마 권할 수가 없었다.

더욱이 이번에는 황제에게 직접 관직과 작위를 하사받기까지 했다. 여러모로 아까운 인재였다.

"사제님의 말씀 새겨듣겠습니다."

아무래도 오늘 저택에 도착하면 데스를 붙잡고 물어봐야겠다. 그리고 만약 친화력을 없앨 수 있다면 가능한 한 그러고 싶기도 했다.

정령사로서 알려진 마당에 마신과의 친화력까지 있다는 소문이 더해진다면 사람들이 그를 어찌 생각하겠는가. 더 이상 시끄러운 일에는 휘말리고 싶지 않았다.

"그렇게 말해 주니 고맙구나. 그럼 그만 어서 가 보려무

나. 토요일인데 내가 너무 눈치 없이 오래 잡고 있었던 건
아닌지 모르겠다."

"그렇지 않습니다. 오랜만에 사제님을 만나 뵈어서 좋았
습니다. 시간이 나는 대로 자주 찾아뵙도록 할게요."

"말만으로도 고맙다."

바그너 사제는 한참이나 집무실을 나서는 바율의 뒷모습
에서 눈을 떼지 못했다. 녀석에게 드리워진 그림자의 정체
가 대체 무엇인지 걱정이 되는 한편 궁금했다.

2.

바그너 사제와의 상담을 마치고 바율은 바로 캐링스턴
저택으로 향했다. 데스와의 친화력으로 그의 힘을 사용할
수 있다는 말을 들었으니 도저히 지체할 수가 없었다. 물론
정말로 그게 가능한 일인지 의문도 들었다.

"도련님!"

마차가 저택 앞에 당도하자 리타와 이언이 마중 나왔다.
바율에게서 짐을 건네받으며 일주일 간 있었던 일에 대해
떠드는 녀석을 보고 있자니 문득 리타에게도 엄청난 친화
력이 있다는 사실이 떠올랐다.

그럼 리타도 신성력을 발휘하고 데스의 힘을 사용할 수 있다는 의미일까?

평범했던 녀석이 자신으로 인해 뜻하지 않은 일에 엮여 불편하게 되는 건 아닐지 문득 염려되었다.

남들이 보기에 경사라고 할 만큼 좋은 일인 것은 분명하나, 이로 인해 소박했던 리타의 삶이 달라질 수도 있었다. 리타가 원하는 삶이 무엇인지 바율은 누구보다 잘 알았다. 녀석은 그리 남다른 인생을 원치 않을 것이다.

"리타, 데스 지금 어디 있어?"

"아마 옥상 청소 중일걸요? 요새 바람이 자주 불어서 옥상이 엉망이더라고요."

"알았어. 난 그럼 바로 옥상으로 올라가 볼게."

"바율 도련님, 해밀턴에서 편지가 왔습니다."

황급히 옥상으로 가려는 바율을 이언이 불러 세웠다.

"급한 건가요?"

"아니요, 그런 건 아닙니다만……."

"그럼 나중에 볼게요. 제가 지금 데스에게 물어볼 게 좀 있어서요."

"알겠습니다."

바율은 어리둥절해하는 리타와 이언을 뒤로하고 곧장 옥상으로 올라갔다.

"이제 오나?"

바율이 옥상의 문을 열자 데스가 평상에 누운 채로 그를 반겼다. 이미 마력으로 청소는 깔끔하게 마친 상태였다. 아마도 시간을 좀 보내다가 내려갈 참인 듯했다.

"궁금한 것이 있어요."

"나한테?"

팔베개를 하고 누워 있던 데스가 의아했던지 바율 쪽으로 돌아누웠다.

"오자마자 뭐가 그렇게 궁금한 건데?"

"제가 가진 친화력. 이거 저도 사용할 수 있는 건가요?"

"나와의 친화력 말인가?"

"네, 사제님 말씀이 이 정도 친화력이면 데스의 힘도 끌어다 쓸 수 있다고 하시던데, 사실입니까?"

"흐음, 글쎄…… 사실 나도 이런 경우가 처음이라서 뭐라고 답해야 할지 모르겠네?"

데스가 훌쩍 일어나더니 바율에게로 다가왔다.

"그래도 확실한 건, 일단 아플 일은 없을 거야."

"네?"

"무병장수할 거란 얘기지. 내가 타고나길 강철 체력으로 났거든."

"아, 네……."

"리타 봤지? 요즘 지치지 않고 일하는 거."

"네, 그러고 보니 환절기 때마다 고생하고는 했는데 이번에는 멀쩡하네요."

"리타도 같아. 나를 닮아 강철과 같은 여인이 되었지."

이게 다 나의 은덕이란다.

데스의 표정은 꼭 그리 말하는 것 같았다.

"다른 건요? 데스가 가진 특별한 능력이 뭐죠?"

"내가 무슨 신이지?"

"절망의 신이요."

"그래, 난 절망을 먹고 사는 신이다. 절망은 내 힘의 원천이지. 그 절망으로 상대를 죽이기도 하고, 살리기도 한다."

"절망으로 사람을 살린다고요?"

언뜻 이해되지 않는 말이었다. 그에 바율이 반문하자 데스가 눈동자를 빛내며 말했다.

"절망이 사라지면 남는 건 희망이니까. 인간이란 희망을 바라보고 사는 존재들 아니었던가?"

"…그러니까 인간에게서 절망을 거둬 가면 희망적인 사람이 된다. 그런 뜻이에요?"

"맞아."

"그걸 제가 할 수 있다고요?"

"그건 나도 모르겠는데?"

"에?"

"이런 적이 처음이라고 했잖아. 궁금하면 직접 해 보든가."

"그걸 제가 어떻게요?"

데스의 밑도 끝도 없는 말에 바율은 황당함을 금치 못했다. 자신은 인간이지 신이 아니었다. 신이 할 수 있는 일을 인간이 할 수 있다는 게 어디 가당키나 한 말인가.

사제님의 말만 듣고 잠시나마 흥분했던 게 부끄럽게 느껴질 정도였다.

"별로 어려운 건 아닌데."

"데스에게나 그렇겠죠. 저는 그냥 평범한 사람이라고요."

"푸하! 네가 평범하다고?"

데스가 평상에 앉으며 박장대소했다.

"전대 정령왕들의 힘을 품고 있는 인간이 할 말은 아닌 것 같은데."

"그건 그렇지만, 사실 저 자신은 그걸 전혀 느낄 수 없습니다. 지진과 해일을 막은 것도, 비를 내리고 멈추게 한 것도 전부 정령들이 다 한 거지, 저는 그저 부탁만 할 뿐이라고요."

"그렇게 생각할 수도 있겠군."

아직은 말이지.

데스가 뜻 모를 표정을 지으며 다시금 평상에 드러누웠다.

"그나저나, 오늘 날씨 죽이지 않아? 어두침침한 마계에만 있다가 여기서 지내니까 날씨라는 게 참 중요하다 싶어."

"마계는 어떤 곳입니까?"

"갑자기 그게 왜 궁금한데? 내 힘을 사용할 수 있다니까 이제 관심이 좀 가나?"

"그거야 데스와 바르, 아몬 그리고 아고스의 고향이니까요. 친구들이 살던 곳이니 궁금한 게 당연한 거 아닙니까?"

"…친구?"

해괴한 소리라도 들었다는 양 데스의 얼굴이 일그러졌다. 바율은 부러 더 얘기하지 않고 화제를 돌렸다.

"그보다 제가 가진 친화력, 이거 감출 수는 없습니까?"

"왜 그래야 하는데?"

"신전에서 계속 관심을 가지는 게 부담스러워서요. 교황청에 보고라도 들어가면 엄청 시끄러워질 겁니다."

"암튼 인간들이란 쓸데없는 일을 자꾸 벌인다니까."

데스가 끌끌 혀를 찼다.

"근데 일단은 그냥 두는 게 나아. 그게 네 신상에 이로울 거거든."

"그건 또 무슨 말씀입니까?"

"나 때문에 마계에서 이쪽에 관심을 보이는 애들이 많아졌어. 어떤 미친놈이 넘어와서 설칠지 모르는데, 내 기운이 남아 있어야 함부로 못 할 거야. 일종의 안전장치라고 하면 되겠군."

"작년에 황태자 암살 사건 때는 아무 소용없던데요?"

"그건 특이한 경우고. 모르스란 놈인데, 나랑은 철천지원수 같은 사이라서."

"그자가 일부러 데스를 마계로 불러들였다고 했었죠? 반다인에게 기회를 주려고."

"어, 그래서 나한테 거의 죽을 만큼 맞았지."

진짜로 죽이고 싶었지만, 마왕과 아몬의 만류로 겨우 참았다. 언젠가는 꼭 직접 멱을 따고야 말 것이다.

"도련님! 식사하세요!"

바율과 데스가 옥상에서 이런저런 대화를 나누는 사이 식사가 준비되었다.

"오호! 드디어 때가 왔군!"

데스가 득달같이 일어나더니 바율을 남겨 둔 채 쏜살같이 아래층으로 내려갔다. 바율도 피식 웃으며 곧 그 뒤를 따랐다.

3.

"템페스타, 고마워!"

"헤에, 이 정도야 뭐!"

식당에 도착하니 진풍경이 벌어지고 있었다. 리타가 요리한 음식들이 공중에 붕 뜬 채로 유유히 날아와 식탁에 착지한 것이다.

귀여운 외모로 리타의 혼을 쏙 빼놓은 템페스타는 특유의 능력을 발휘해 그녀의 일거리까지 돕는 중이었다.

"템페스타가 열심이네."

"네, 도련님! 그래서 얼마나 편한지 모르겠어요!"

자고로 칭찬은 고래도 춤추게 한다고 하였다. 리타의 계속되는 찬사에 신이 난 템페스타가 포크와 스푼까지 완벽하게 세팅했다.

그 별일 아닌 행동에 리타는 진심으로 감동한 듯했다. 템페스타를 이제야 만난 게 너무 아쉽다는 둥 입만 열면 찬양의 연속이었다.

스승의 관심이 템페스타에게 쏠린 게 못내 못마땅한지 바르의 안색은 어두웠고, 아몬과 아고스는 자신들이 해야할 일이 줄었다는 것에 내심 좋아하는 기색이었다.

"참, 이언 경. 아까 해밀턴에서 편지가 왔다고 했죠?"

"네, 도련님."

"아버지께서 보내신 건가요?"

"공작 전하의 것도 있긴 한데, 그보다는 다른 편지가 훨씬 많습니다."

"다른 편지요?"

바율이 의아한 표정을 짓자 이언이 난감해하며 말했다.

"그게, 제국 각지에서 편지가 쏟아지는 모양입니다. 도련님에 대한 소식을 듣고 도움을 청하는 서신들입니다."

"도움이라면 자연재해에 관한 것이겠군요?"

"네, 공작 전하께서는 아마 도련님께서도 읽어 보시면 도움이 될 거라고 여기신 듯합니다."

"그럼요. 제국 각지에서 왔다면 그곳들의 상황에 대해 더 자세하게 알 수 있을 거예요. 지금 당장 움직이진 못하겠지만, 미리 공부해서 나쁠 건 없지요. 전부 정리해서 서재로 갖다 주십시오."

"알겠습니다."

아카데미 생활을 다시 시작하고 잠시 잊고 있었다. 바율은 제국의 재난을 막아 낼 의무가 있는 특무대신이었다.

백작 작위도 받았고, 황제 폐하께서 땅과 여러 하사품을 내리셨다. 과분한 대접을 받았으니 응당 그에 마땅한 도리를 해야 할 터였다.

중간고사가 끝난 뒤, 학생들은 마르세이 아카데미와의 대결을 앞두고 있었다. 바율도 학년 대표로 체스 경기에 나가게 되었는데, 딱히 연습을 하고 있지는 않았다. 이번 주말은 재난 대책에 관해 고민하며 보내는 것도 나쁘지 않을 듯했다.

"캬! 오늘도 리타 선배의 음식 솜씨는 가히 예술입니다요!"

아고스가 고기를 한 접시 깨끗하게 비우며 엄지손가락을 들었다. 처음에 음식이 다 거기서 거기지, 했던 마음은 이미 싹 사라진 지 오래였다.

거기에 리타가 실세라는 것을 파악한 후로는 누구보다 열렬히 그녀를 추앙하고 있었다. 역시 음식의 힘이란 위대했다.

"아고스."

"네, 형님."

"요새 너 너무 먹는 거 아니냐?"

"…제가 그랬습니까?"

"찬물도 위아래가 있다는 말 들어 봤지?"

"죄송합니다. 시정하겠습니다."

데스에게서 더 험한 말이 튀어나오기 전에 아고스는 얼른 고개를 조아렸다. 먹는 걸로 갈구는 데스가 치사하게 느껴질 법했지만, 리타의 요리를 맛보고 난 후로는 생각을 달리 먹었다.

어째서 형님들이 이곳에 발을 붙이고 있는지 뼈저리게 이해된다고 해야 할까.

마계에 딱히 바쁜 일만 있지 않다면, 그 역시 기꺼이 이곳에 남아 지낼 예정이었다.

"어라? 누가 왔는데?"

그렇게 화기애애한 식사가 한창일 무렵. 아몬의 말이 끝나자마자 저택 밖으로 마차 서는 소리가 들려왔다.

"누구 올 사람이라도 있나요, 이언 경?"

"아니요, 없습니다. 도련님 친구분들 아닐까요?"

"아무도 온다는 말 없었는데……."

바율은 그럼에도 혹여나 친구들일까 싶어서 일단 나가 보기로 했다.

에이단은 라라를 보러 아카데미가 파하자마자 튀어 나갔고, 로건은 라피트의 뒷덜미를 잡고 질질 마차에 올라타는 것을 직접 보고 왔다. 퀸은 수하들과 함께 볼일이 있다고 했으니, 일라이가 찾아온 걸까? 이사장님과 또 대판하고 온 것은 아닌지 불현듯 걱정도 들었다.

하지만 바율의 예상은 완전히 틀렸다. 현관문을 열자 웬신사가 서 있었다.

깔끔하게 차려입은 정장 차림에 짧은 금발 머리는 한 올도 흘러내림 없이 각이 잡혀 있었고, 그의 옆으로는 커다란 짐 가방이 하나 놓여 있었다.

"…누구십니까?"

바율이나 이언이나 처음 보는 자였다. 나이는 이십 대 중반쯤 되었을까. 영민해 보이는 파란색 눈동자를 보자 왠지 예사 인물이 아닐 것 같다는 예감이 강하게 들었다.

"저는 맥 필리온이라고 합니다. 만나 뵙게 되어서 영광입니다."

"…집을 제대로 찾아오신 게 맞나요?"

"그럼요. 저는 황실 소속 사무관이자, 오늘부로 란데르트 백작님을 모실 보좌관입니다. 맥이라고 불러 주십시오."

"보좌관…… 이라고요?"

"네! 폐하께서 직접 명하셨습니다."

바율은 순간 말을 잃었다. 이게 대체 무슨 상황인가 싶어 이언을 쳐다보았지만, 그 역시 놀라긴 마찬가지였다.

"제가 먼 거리를 온 터라 좀 피곤해서 그런데, 실례가 안 된다면 들어가도 되겠습니까?"

"아, 네! 들어오세요!"

바율은 얼결에 길을 터 주며 맥을 안으로 들였다.

"식사 중이셨나 봅니다. 제가 타이밍이 좋지 않았네요."

"아닙니다. 혹시 식사는 하시고 오셨나요?"

"하하, 기차역에서 바로 오는 바람에……."

손으로 배를 쓰다듬는 모양새가 배가 고프다는 뜻이었다.

"그럼 우선 자세한 얘기는 나중에 하기로 하고 식사부터 하는 게 좋겠네요."

바율은 여전히 얼떨떨했지만, 황제가 친히 보낸 손님을 굶길 수는 없었다.

"감사합니다."

맥은 넉살 좋게 대꾸하며 기꺼이 바율을 따라 식당으로 향했다.

"뭐야?"

못 보던 사람이 등장하자 데스의 얼굴이 대번에 구겨졌다. 누가 보면 낯선 자를 경계하는 줄 알겠지만, 데스의 반응은 일반적인 그것과는 조금 달랐다. 그가 상대를 반기지 않는 이유는 딱 하나였다.

먹을 음식이 줄어든다는 점.

잠깐 오가는 손님이라면 몰라도 새로운 식구라면 한동안 눈총깨나 받게 될 터였다. 그걸 직감한 건지 맥이 상냥하게 인사했다.

"안녕하십니까. 오늘부로 란데르트 백작님을 모시게 된 보좌관, 맥 필리온이라고 합니다. 잘 부탁드립니다!"

아직 세세한 설명을 듣지는 못했지만, 맥이 무슨 일을 할지는 충분히 예상이 갔다. 아마도 황궁과의 연락을 그가 담당하게 될 것이다.

황제의 직속 기관, 그리고 그 수장인 특무 대신.

작위와 직함을 받은 사실이 비로소 실감되는 순간이었다.

Chapter 9.
또 너냐?

1.

"보좌관이시라고요? 그럼 황궁에서 오신 거예요?"

때마침 바율이 마실 물을 가지러 잠시 주방에 갔었던 리타가 식당으로 돌아왔다. 그녀가 맥의 소개에 눈이 번쩍해서는 서둘러 빈자리로 안내했다.

"여기 앉으세요! 이 늦은 시간까지 얼마나 노고가 많으세요! 제가 얼른 식사 내올게요!"

그러곤 누가 시키지도 않았는데 날쌔게 주방으로 달려가 새로운 음식을 가져왔다.

"기차가 연착되는 바람에 폐를 끼치게 될까 봐 조마조마했는데, 이런 환대를 해 주시다니 몸 둘 바를 모르겠습니다!"

"어머, 무슨 소리세요! 앞으로 저희 도련님을 보좌하실 분인데, 이 정도는 제가 당연히 해 드려야죠! 좋아하는 음식 있으시면 언제든 말씀해 주세요. 제가 또 한 요리 한답니다!"

"우와, 그러십니까? 갑자기 막 횡재한 기분이 드는군요! 말씀만으로도 정말 감사합니다!"

"아이, 참! 그런 말씀 마시라니까요! 도련님만 잘 보필해 주신다면 전 무엇이든 할 수 있답니다!"

"란데르트 백작님을 모시는 보좌관으로서 응당 성심을 다할 것입니다. 레이디께선 그 점은 염려 마십시오."

맥이 진중한 눈빛과 말투로 리타에게 약속했다. 안 그래도 황궁에서 왔다는 말에 혼이 쏙 빠져 있던 리타가 '레이디'란 단어에서 초점이 흐려졌다.

캐링스턴 저택에서 막강한 권력을 자랑하는 그녀지만, 귀족도 아닌 리타의 신분으로는 쉬이 들을 수 없는 말이었기 때문이다.

"이것도 드셔 보세요! 모자라면 더 내올 테니 말씀만 하시고요!"

기분이 좋아진 리타가 맥의 앞으로 음식들을 드밀었다.

"멀쩡한 이름을 놔두고 레이디라고 부르는 저의가 뭐야? 점수 좀 따 보려는 속셈인가?"

데스가 불퉁한 음성으로 끼어든 것은 그때였다. 그가 맥과 그의 앞에 놓인 음식들을 번갈아 쏘아보며 따지듯 물었다.

"데스 씨, 그게 무슨 소리예요! 이분은 황제 폐하께서 보내신 분이라고요! 말 함부로 하지 마세요!"

"아니, 그러니까 하는 말이잖아. 보좌관으로서 온 거라며? 근데 아무 조사도 안 하고 온 거야?"

"조사요……?"

잠자코 식사 중이던 바율이 반문하자 이언도 스푼을 내려놓았다.

"바율…… 도련님의 보좌관이라면 막중한 임무를 띠고 이곳에 온 것일 텐데, 리타의 이름을 모르는 게 말이 되나? 이 저택에 누가 사는지는 벌써 파악하고 왔어야 정상 아닌가? 내 말이 틀렸어?"

"…하하, 실례지만 누구신지 여쭤봐도 되겠습니까?"

"아, 그 조사에 미천한 하인은 포함이 안 되었을 수도 있겠군. 여긴 신분이 철저한 사회니까."

데스가 고기를 한 접시 후루룩 비우며 비아냥거렸다. 그에 리타가 한마디 하려는데 맥의 발언이 조금 더 빨랐다.

"혹시 데스 경이십니까?"

"데스 경?"

그건 무슨 뚱딴지같은 소리냐는 듯 데스가 인상을 구기자 맥이 웃으며 대꾸했다.

"린데만 황태자 전하께 들었습니다. 란데르트 공작 전하께서 아드님의 안전을 위해 이언 경도 모르시게 심어 놓으신 호위 기사라고요. 제가 말씀만 들었지, 얼굴까지 뵌 것은 아니라서 결례를 하였습니다. 아, 여기 계신 분들께선 다 알고 계신 거겠지요?"

뜨아!

아버지가 황태자 전하께 둘러댄다고 하신 말씀이 여기에서 터질 줄 몰랐다. 당황한 바율은 일순 얼어 버렸고, 리타는 경악하며 데스를 바라보았다.

"데, 데스 씨가…… 실은…… 도련님의 호위 기사라고요? 진짜예요, 도련님?"

"어어, 그게…… 실은 나도 안 지 얼마 안 됐어. 미리 말하지 못해서 미안해."

"헐…… 믿을 수가 없어요. 그간 호위로서 한 게 없잖아요! 맨날 밥이나 축냈지, 데스 씨가 한 게 뭐 있어요?"

"난 존재만으로도 족하거든."

데스의 광오한 말에 리타가 기가 찬다는 듯 헛기침을 삼켰다. 데스의 진짜 정체에 놀라긴 했지만, 그가 워낙 한량처럼 지내온 모습을 봐 와선지 당장 예의를 차릴 수 있을 것 같지는 않았다.

"아버지의 명도 있고, 데스도 지금처럼 지내는 게 편하다고 하니까 리타도 평소대로 해. 달라지는 건 없을 거야."

"참고로 내 동생들은 그냥 내가 심심해서 데려왔어. 얘넨 호위 같은 거 아니니까 신경 쓰지 마."

"아, 네. 그것참 다행이군요."

데스의 해명에 맥이 순간 날카로운 눈빛으로 바르와 아몬, 그리고 아고스를 훑었다. 그는 리타와 달리 전혀 데스의 말을 믿는 눈치가 아니었다.

"근데 이쪽에선 보좌관이란 자가 상관을 처음 만나러 오면서 미리 연락도 안 하는 게 보편적인 일인가?"

"예? 서찰을 받지 못하신 겁니까?"

"서찰이요?"

"네, 란데르트 백작님. 보름 전쯤 황궁에서 출발하기 전에 발송이 되었을 텐데…… 아마도 누락이 된 모양입니다."

"그랬군요. 미리 알고 있었다면 머무실 방도 정리해 두고 했을 텐데, 어쩔 수 없지요. 이렇게 된 거 주말에 천천히 짐을 푸시는 게 좋겠습니다."

"짐이랄 게 뭐 있나요. 정리는 식사 후에 조금만 움직이면 금방 끝날 겁니다."

"그러기엔 짐 가방의 크기가 상당하던데요?"

"아, 그건 대부분이 책입니다. 대충 쌓아 두면 되는 것들이에요."

"저기…… 혹시 서찰이란 게 이건가요?"

누가 떠들든 말든 꿋꿋이 식사에 몰두하고 있던 아고스가 난데없이 쭈뼛거리며 일어나더니 황금색 인장이 찍힌 서신을 내밀었다. 그걸 빼앗듯 받아든 이언의 표정이 굳었다.

황금색 밀랍에 선명하게 새겨진 왕관 모양의 표식. 그것은 황궁에서도 오로지 황제만이 사용하는 인장이었다.

이언이 황급히 서찰을 바율에게로 넘겼다. 그 안에는 맥 필리온을 바율의 보좌관으로 임명한다는 임명장과 그가 캐링스턴에 도착하는 날짜가 적힌 짧은 서신이 함께 들어 있었다.

"이제 보니 맥 보좌관님은 절차대로 잘 행하셨는데, 우리 아고스가 중간에서 사고를 친 것이로군요?"

리타가 활활 타오르는 시선으로 맞은편의 아고스를 응시했다. 그 무시무시한 살기에 마계 서열 12위이자 전쟁의 신인 아고스가 진심으로 겁을 먹으며 변명했다.

"나, 난 그냥…… 다른 편지들보다 조금 화려하고 색다르기에 갖고 있다가 도련님이 오시면 바로 드릴 생각이었지……."

"그런데요?"

"…근데 그러다가 까먹었다고나 할까? 하하하!"

살기 위한 억지웃음이 터져 나왔다. 하지만 아고스의 말은 진심이었다. 중요한 것 같기에 때를 봐서 척 하고 내밀면 자신의 이미지가 조금은 좋아지지 않을까 해서 나름의 머리를 쓴 것이다.

그게 이런 식의 대형 사고로 번질 줄은 꿈에도 몰랐다는 게 문제라면 문제였다.

"내가 진짜 미쳐! 어떻게 우편함 정리하는 일도 제대로 못 해서 이 사달을 만들어요? 하마터면 오해가 깊어질 뻔했잖아요!"

"…죄송합니다."

아고스가 기어들어 가는 목소리로 사과했다.

"앞으로 도련님을 최측근에서 모실 분인데, 첫 만남부터 이게 무슨 결례예요! 아고스는 당분간 근신하세요!"

"리타, 이제라도 오해가 풀렸으니 됐지. 근신까지는 너무 심해."

"하지만 도련님……."

앞으로 제국을 위해 훌륭한 일을 하실 도련님인데, 아고스가 초장부터 판을 깬 듯해서 리타는 심기가 몹시 언짢았다.

그때 맥이 나섰다.

"리타 양, 저는 괜찮습니다. 저분께서 고의로 그러신 것도 아닌데 그냥 넘어가시죠."

"저 봐. 이름도 알면서, 괜히 잘 보이려고 레이디니 어쩌니 한 거라니까."

"데스 씨! 자꾸 그렇게 맥 보좌관님 말씀하시는 데 토 다실 거예요?"

"난 그저 할 말을 했을 뿐인데?"

리타는 자나 깨나 모를 것이다. 맥을 향한 데스의 반감이 모두 자신 때문이라는 걸.

황궁에서 왔다는 이유만으로 처음 보는 인간에게 극빈 대접을 하는 리타의 행동에 지금 데스의 기분은 대단히 저조하고 불쾌했다. 사실 정확히는 자신이 먹을 음식을 아낌없이 내놓는 그 꼴이 보기 싫었다.

"자자, 잡담은 그만하고 식사나 마저 합시다."

데스와 리타의 논쟁이 길어지기 전에 이언이 해결사로 나섰다. 그가 분위기를 바꿔 맥에게 부드럽게 질문했다.

"실례지만 맥 보좌관께선 어디 출신이십니까?"

"아, 저는 베노이스트에서 나고 자랐습니다."

"베노이스트요?"

순간 바율과 이언의 눈길이 마주쳤다. 그곳은 헥터 공작의 영지령이었기 때문이다.

"네, 헥터 공작 전하께서 민간으로 지원하시는 행정 아카데미를 수료한 후 정식으로 국가고시를 거쳐 임용이 되었습니다."

"그랬군요. 나이가 아직 어리신 것 같은데, 임용은 언제 되신 겁니까?"

"실은 아직 채 일 년도 되지 않았습니다."

"예에? 일 년도 되지 않았다고요?"

"훗, 완전 초짜를 보내셨구먼."

데스가 비죽거리자 맥이 스스로를 변호했다.

"저도 압니다. 아직 부족한 점이 많다는 거. 하지만 누구보다 진심을 다해 란데르트 백작님을 모실 것을 맹세합니다."

"얼씨구, 이젠 맹세까지?"

"제국의 위대하신 첫 번째 정령사가 아니십니까? 그런 분을 모시게 되었다는 것만으로도 제게는 크나큰 영광입니다!"

"그럼요! 우리 도련님이라서가 아니라 정말로 엄청나신 분이죠! 아, 이럴 게 아니라 저는 얼른 올라가서 맥 보좌관님이 묵으실 방을 정리해야겠어요. 데스 씨, 가요!"

"방 정리를 지금 하겠다고?"

데스의 동공이 지진이라도 난 듯 흔들거렸다. 그는 정녕 믿을 수 없었다. 밥 먹다 말고 대체 이게 무슨 경우란 말인가?

"청소는 데스 씨 담당이잖아요. 도련님의 숨겨진 호위 기사라도 할 건 해야죠?"

리타의 명령은 절대적이었다. 데스가 순간 맥을 죽일 듯이 노려보았지만, 다행히 이성을 잃지 않고 얌전하게 리타를 따라나섰다. 덕분에 남은 인원은 평화롭게 식사를 마무리할 수 있었다.

2.

"이언 경은 어떻게 생각하세요?"

식사가 끝난 후 맥은 짐 정리를 위해 위층으로 올라가고, 집무실에는 바율과 이언만이 남았다.

"현재로선 크게 이상한 점이 없지만, 그의 출신 성분이 조금 걸립니다."

"베노이스트 태생이라서 말이죠?"

"예, 아무래도 그곳은 헥터 공작의 영역이니까요."

오랜 세월 제국의 명문가로 이름을 날리면서 본인의 영지에서는 마치 신처럼 군림하는 공작이었다. 그곳에서 평범하게 태어나 공부를 마치고 입궁까지 하였다면 꽤 인재 소리를 들으며 자랐을 것이다.

과연 헥터 공작에게 그 얘기가 들어가지 않았을까?

최악의 상황은 맥이 헥터 공작의 스파이일 수도 있다는 소리였다.

"조사를 좀 해 보도록 하겠습니다."

"만약 그가 헥터 공작의 사람이라면 이미 관련된 흔적들은 말끔하게 지웠을 겁니다. 조사가 쉽지는 않을 거예요."

"알고 있습니다. 하지만 그런 일을 전문적으로 하는 자들을 몇 알고 있습니다. 란데르트 공작 전하께도 당장 서찰을 보내도록 하겠습니다."

"네, 이언 경. 조심해서 나쁠 것은 없으니까요."

"바율, 내가 미행 좀 해 볼까?"

"템페스타, 언제 왔어?"

바율과 이언이 심각한 이야기를 주고받는 사이 어느 틈엔가 템페스타가 다가와 있었다.

"나 그런 거 엄청 잘하잖아! 수상한 기미가 포착되면 바로 알려 줄게!"

"템페스타, 네 마음은 정말 고마운데 안 그래도 돼."

"왜? 난 무지 재밌을 것 같은데."

"맥 보좌관님은 이미 정령에 대해서 알고 오신 분이야. 그리고 지금은 만일을 위해서 조사하는 거지, 어떤 혐의가 있는 게 아니거든. 그러니까 그건 예의가 아닌 것 같아."

"칫! 아무튼 간에 바율은 엄청 예의를 따진다니까!"

간만에 신나는 일이 하나 생길 줄 알았는데, 그게 무산되자 템페스타의 입이 뾰로통하게 튀어나왔다.

"조금만 기다려 봐. 방학이 되면 템페스타가 활약할 일이 무궁무진하게 늘어날 거야. 그때를 위해서 힘을 아끼는 것도 중요하지 않겠어?"

"알았어. 바율 말이니까 들을게."

"그래, 역시 템페스타는 착해."

"헤에, 바율도 착해."

바율의 칭찬에 입이 헤벌쭉 벌어진 템페스타가 집무실을 한 바퀴 돌았다. 그 탓에 작은 물건들이 덜컹거리며 바닥으로 떨어졌지만, 이언은 익숙하게 그것들을 제자리에 갖다 놓았다.

3.

일요일 아침이 밝았다. 데스의 따가운 눈총 아래 식사를 마친 맥은 바율과 함께 전국 각지에서 보내온 편지들을 훑는 것으로 첫 업무를 시작했다.

그는 척 보기에도 매우 능률적으로 일을 했다. 일단 서신들을 지역에 따라 분류하고, 그것을 또 재해 수준에 따라 등급을 매겨 표시했다.

그뿐만 아니라 중요하다고 판단되는 사항은 따로 보고서까지 작성해서 바율이 간편하게 볼 수 있도록 정리해 책상에 가지런히 놓아두었다.

보좌관 같은 건 필요 없을 거라고 여겼던 바율은 단 하루만에 그 생각을 바꿔야 했다. 맥이 있음으로써 바율의 일거리가 엄청나게 줄어든 것이다. 지금도 이럴 정도면 나중에 바율이 특무대신으로서 본격적으로 활동할 시기엔 맥이 보다 많은 일을 해낼 수 있을 터였다.

"황실 소속의 사무관은 역시 다르군요. 오늘 한 수 배웠습니다."

"서류 만들어서 보고하는 게 저희들 일인걸요. 황실에서 늘 하던 작업입니다."

"아무리 그래도, 보고서 작성하는 게 절대 쉽지 않던데요. 교수님들 성향도 알아야 하고, 단어 선택도 신중해야 하고. 아카데미에서 보고서 쓸 때마다 머리를 쥐어뜯고는 합니다."

"하하, 저도 고향에서 아카데미를 다닐 땐 그랬습니다. 지금은 하도 반복해서 하다 보니 나름 비법이 생긴 것이지요."

"저도 맥 보좌관님께 그 비법에 대해 전수 좀 받아야겠습니다."

"어제부터 드리려던 말씀인데, 말씀 낮추십시오. 저는 일개 보좌관일 뿐입니다. 어찌 백작님께서 존대를 하십니까."

"제가 나이가 한참 어리잖아요. 말을 쉽게 놓지 못하는 성격이기도 하니 맥 보좌관님이 이해해 주십시오."

"하오나……."

"곧 적응하게 되실 겁니다."

바율은 확실하게 못을 박았다.

"…알겠습니다. 란데르트 백작님께서 그리 명하시면 따라야지요."

바율의 단호함에 맥은 순순히 고개를 끄덕이며 수첩과 펜을 꺼냈다.

"이번 주 일정에 대해 말씀해 주시겠습니까?"

"일정이랄 게 뭐 딱히 있나요. 내일 아카데미로 복귀하는 것 말고는 없습니다."

"제가 알기로는 이번 주엔 정식 수업은 없고, 마르세이 아카데미와 시합이 있다고 들었습니다."

"네, 맞아요."

"혹시 백작님께서도 출전을 하십니까?"

"체스 경기에 나가기로 했습니다. 근데 이런 것도 다 말해야 하는 겁니까?"

아카데미 생활까지 관여할 줄은 몰랐기에 바율은 조금 당황스러웠다.

"평소라면 수업 일정 정도만 알면 되겠지만, 이번은 특수한 상황이라서요. 양쪽 아카데미를 응원하기 위해 일반 시민들의 출입도 허용된다고 알고 있습니다. 제가 백작님의 일정을 알아야 경우의 수에 충분히 대비할 수가 있습니다."

"혹시 제 안전을 걱정하시는 거라면, 그럴 필요 없습니다."

"물론 정령사인 백작님의 능력을 의심하는 것은 아닙니다. 이언 경과 데스 경까지 계신데 또 전처럼 험한 일을 당하시겠습니까?"

"맞습니다. 그땐 이언 경도, 데스 경도 곁에 없었습니다. 그래서 사고가 났던 거고요."

"사건 경위에 대해서는 저도 보고서를 읽어 보았습니다."

맥은 캐링스턴으로 내려오기 전까지 황궁에서 바율에 관해 보고된 모든 것을 숙지하고 온 상태였다.

"제가 염려하는 건 백작님을 추종하는 무리입니다."

"…저를 추종하는 무리요?"

"네, 황도에 비를 내린 영웅이시지 않습니까. 흥분한 자들이 몰리기라도 하면 낭패를 볼 수도 있습니다. 하니 항시 동선을 잘 짜서 이동하셔야 할 겁니다."

그건 바율이 생각지도 못했던 부분이었다. 아카데미 내에서만큼은 그런 일을 걱정하지 않아도 될 줄 알았는데, 곰곰이 따져 보니 맥의 말이 맞았다.

내일부터 닷새간은 일반인들도 아카데미를 마음대로 드나들 수 있었다. 축제만큼이나 중요한 행사이기에 시민들이 직접 야시장처럼 음식점도 꾸리고, 크고 작은 재미난 행사가 함께 열린다. 때문에 항시 많은 사람들로 붐빌 수밖에 없었다.

그런데 거기에 요즘 제국에서 가장 관심을 끄는 인물, 열일곱 살의 나이로 황제에게 직접 관직과 작위를 하사받은 바율이 참여한다.

모르긴 몰라도 평소보다 엄청난 인원이 몰릴 것이다. 잠시 그것을 간과하고 있었다는 사실에 바율은 할 말을 잃었다. 이게 다 본인이 얼마나 대단한지 자각하지 못한 탓이기도 했다.

"이언 경과 데스 경께서는 반드시 근거리에서 호위를 하셔야 합니다."

"…네, 아마 그건 충분히 가능할 거예요."

엄청난 능력의 소유자들이니 거리가 얼마나 벌어져 있건 바율을 구하는 데는 별 어려움이 없을 것이다. 게다가 아직 맥이 잘 몰라서 그렇지, 바율은 충분히 스스로를 지킬 힘을 갖고 있었다.

"그리고 저 역시 곁에서 백작님을 수행하겠습니다."

"맥 보좌관님도요?"

"아카데미 내부의 위치를 알아 둘 기회이지 않습니까? 란데르트 백작님께서 어디서 어떻게 공부를 하시는지 탐방하는 것도 보좌관인 제게는 중요한 임무입니다."

어제부터 느꼈지만, 말발이 장난 아니다. 바율이 도저히 반박할 수 없는 말만 해 대니 뭐라 대꾸할 수가 없다.

"…알겠습니다. 그렇게 하죠."

결국 바율은 맥의 뜻대로 시합이 벌어지는 닷새 동안 꼼짝없이 철통 경비 속에 지내게 되었다.

친구들이 뭐라고 하려나.

귀찮게 여기지 않았으면 좋겠는데, 다들 성격들이 특이하다 보니 어떤 반응이 나올지 짐작조차 안 되었다.

특히나 데스를 보고 일라이가 거품을 물고 덤비는 건 아닐지, 벌써부터 염려가 되는 바율이었다.

4.

바율이 저택에서 주말을 보내는 동안, 마르세이 아카데미의 학생들은 이미 캐링스턴에 도착해 가장 좋은 호텔을 통째로 빌려 사용 중이었다.

황도를 대표하는 마르세이 아카데미는 개교한 지 불과 오십여 년이 채 되지 않았지만, 지리적 특성에 걸맞게 고관대작의 자식들이 특별히 많이 다니는 곳이었다. 애초에 마르세이가 세워진 이유가 황궁에 드나드는 귀족들의 자제들을 위해서라고 해도 과언이 아니었다.

해서 200년 전통을 자랑하는 캐링스턴에 비해 명성은 다소 떨어지나, 재학생 부모들의 원조 아래 급격히 성장하여 지금은 명실공히 제국을 대표하는 아카데미 중 하나로 불리고 있었다.

월요일 오전.

캐링스턴 아카데미 학생들과 마르세이 아카데미의 대표생들이 언덕을 오르며 함께 등교했다.

아직 아무런 대결도 시작하지 않았는데, 서로를 바라보는 눈빛부터가 살벌하기 그지없었다.

캐링스턴은 나름대로 지난 시합의 설욕이 목표였고, 마르세이는 다시 한번 상대를 꺾어 모교의 위대함을 널리 알리는 것이 목적이었다.

학생들은 물론이고, 교수들까지 사활을 건 경기가 바로 잠시 후면 시작될 터였다.

"우우우우!"

"캐링스턴 파이팅!"

"마르세이 따위는 단칼에 발라 버려라!"

홈경기의 이점이란 응원객이 압도적으로 많다는 것이다. 마르세이 학생들이 교문을 들어서자 준비하고 있었던 학생들이 야유를 퍼부었다.

이미 예상은 했지만, 실제와 상상은 엄연히 다른 법이었다. 더욱이 한창 자라나는 십 대 청소년들이지 않은가.

욱해서 얼굴들이 일그러지는 게 보였으나, 교수들의 만류에 다들 용케 꾹 참아 내며 묵묵히 걸음을 옮겼다.

"열기가 생각보다 대단하네."

"지난번에 패배해서 더 그런 것 같아."

바율은 맥의 조언을 받아 평상시보다 서둘러 등교를 한 상태였다. 아무래도 눈에 띄지 않는 게 낫겠다는 판단에서였다.

이언과 데스, 맥을 보고 어리둥절하던 친구들은 이유를 설명하자 다행히 이해해 주었는데, 문제는 아나나 다를까 일라이였다. 녀석이 데스에게 열 발자국 이상 떨어져서

다니라며 난리를 피우는 통에 맥이 이상함을 느낀 것이다.

"일전에 데스의 잘못으로 크게 다칠 뻔한 적이 있거든요. 그때부터 데스만 보면 저래요."

바율이 최대한 짜낸다고 짜낸 변명인데 통했는지는 모를 일이었다. '그렇군요' 하며 고개를 끄덕이긴 했지만, 맥의 표정에는 여전히 의문이 남아 있었기 때문이다.

이언이 데스를 데리고 물러서면서 일단락이 되긴 했는데, 이러다가 맥에게 데스와 일라이의 정체가 발각되는 건 아닌지 바율은 걱정이 들었다.

"여어, 비린내! 오랜만이다!"

시합 전 양 교 학생들이 조회를 위해 강당으로 모일 때였다. 이제는 지겹기까지 한 비음 섞인 목소리가 일행을 잡아 세웠다.

"또 너냐?"

"뭐 할 줄 아는 게 있다고 여기까지 행차하셨대?"

"넌 퇴학당한 곳에 다시 발을 들이는 게 쪽팔리지도 않냐?"

뜻밖에도 마르세이 아카데미의 대표생으로 자레드가 온 것이다. 황궁에서 그렇게 망신을 당하고도 대체 왜 이러는 건지 도통 머릿속을 알 수가 없는 녀석이었다. 태어나서 제일가는 바보를 보는 기분이었다.

"학생회 측에서 특별히 내가 필요하다기에 올 수밖에 없겠더라고. 내가 체스라면 또 한가락 하잖아?"

"푸핫! 바율 형한테 완전 깨지지 않았었나?"

"뭐야, 넌?"

갑작스레 끼어드는 낯선 음성에 자레드가 인상을 굳히며 목소리의 주인공을 노려보았다.

"…로건?"

하지만 로건이라면 비린내 옆에 서 있었다. 그에 자레드가 혼란스러워하자 라피트가 손수 나서서 자신을 소개했다.

"라피트 드 세이모어. 이번에 신입생으로 입학한 세이모어 백작가의 차남이다. 너는 만날 사고만 친다는 헥터가의 자레드지?"

"…신입생 주제에 말투가 되게 어이없네? 네 형이 그렇게 가르치던?"

"음, 형이 가르치지는 않았고 그냥 터득한 거야. 쓰레기를 인간 취급할 수는 없잖아?"

"뭐, 뭐야? 쓰레기?"

"어! 다들 널 그렇게 부르던데? 안 그래요, 에이단 선배님?"

"큭큭, 아니기는. 맞다, 맞아! 라피트 네가 아주 제대로 알고 있네!"

학기 초반에만 해도 아작을 내야 직성이 풀릴 거 같았던 라피트인데, 지금은 헹가래라도 쳐 주고 싶었다.

아무리 자레드가 퇴학을 당했다고 해도 헥터 공작가의 아들이었다. 그런 녀석의 면전에 대고 이토록 당당하게 말할 수 있는 1학년이 몇이나 되겠는가?

역시 또라이는 또라이였다.

"이것들이 진짜 죽으려고! 나는 캐링스턴을 찾아온 손님이야! 손님을 이렇게 막 대해도 되는 거야? 다들 예의를 어디다 두고 온 거야? 내가 이거 정식으로 발고하면 너희들 징계 대상감이야! 알아?"

"쓰레기를 쓰레기라고 말했을 뿐인데, 그게 왜 징계 대상이 되는 거지? 난 당최 이해가 안 가네."

"저 개새끼가 끝까지!"

자레드는 어처구니가 없어서 말문이 다 막혔다. 동기도 아닌 어린놈에게서 이런 취급을 받는 것은 그 평생 처음 있는 일이었다.

"자레드 공자님, 제가 한 말씀 드려도 되겠습니까?"

그때 갑자기 맥이 친구들 사이를 비집고 걸어 나왔다.

"당신은 또 뭐야?"

교복을 입고 있지 않으니 학생은 아니었다. 누군지는 모르겠지만, 말끔한 복장과 반듯한 몸가짐이 자레드로 하여금 이상하게 위축되게 만들었다.

"저는 황제 폐하의 명으로 란데르트 백작님을 모시고 있는 보좌관 맥 필리온이라고 합니다."

"……!"

자레드가 어느 대목에서 움찔했는지 알 길은 없었다. 황제 폐하인지, 백작님인지, 보좌관인지. 다만 중요한 건 개중 어느 무엇 하나 쉽게 생각할 수 있는 단어가 아니었다.

"지금 자레드 공자님께선 아주 큰 무례를 범하셨습니다. 폐하께 정식으로 작위를 하사받은 란데르트 백작님께 예를 갖추기는커녕 죽이겠다고 협박을 하시다니요. 이건 백작님뿐 아니라 폐하까지 모욕하신 것이나 마찬가지입니다."

"폐, 폐하를 모욕하다니요! 제가 언제 그랬다고 그러십니까! 당치 않으십니다!"

맥의 무시무시한 발언에 자레드가 이제는 익숙할 지경인 사색이 된 얼굴로 항의했다.

"하면 제가 잘못 들었다는 것입니까? 게다가 그 전에, 란데르트 백작님께 예를 올리셨습니까? 전 못 본 것 같은데요."

오호! 제법인데?

에이단이 바율의 어깨를 툭 치며 씨익 웃었다. 처음엔 애들 싸움에 왜 보좌관이 나서나 했는데, 이런 상황이 펼쳐질 줄은 몰랐다.

맥의 말인즉슨 이제라도 바율에게 예를 올리고 사죄하라는 경고이자 협박이었다.

"하…… 성함이 뭐라고 하셨죠?"

당황해서 어찌할 바를 모르던 자레드가 별안간 맥에게 이름을 물었다.

"맥 필리온입니다."

"그렇군요. 맥 필리온 보좌관님."

맥의 이름을 나긋하게 읊조리는 자레드의 두 눈은 당장 살인이라도 저지를 것처럼 강렬했다.

안 봐도 뻔했다. 아버지의 힘을 이용해서 어떤 식으로든 보복하려는 속셈일 것이다. 안 좋은 머리로 손수 이름을 외우는 모양새가 한심하기 짝이 없었다.

"헥터 공작 전하께 안부 전해 주십시오. 공작 전하 덕분에 제국의 위대한 영웅이신 란데르트 백작님을 모시게 되는 영광을 누릴 수 있게 되었습니다."

"…그게 무슨 말입니까?"

어째서 망할 바율을 보좌하는 게 제 아버지의 덕이라는 건지 자레드는 순간 이해가 가질 않았다. 그건 바율의 친구들도 마찬가지였다.

맥이 먼저 헥터 공작의 얘기를 꺼냈다는 것은 자레드의 의도를 파악했다는 의미였다. 맥의 첫인상을 그저 그렇게

만 여겼던 친구들이 그에게 막 호감을 느끼는 찰나, 뜬금없이 이 이게 무슨 소리인지 의아했다.

"엘리건스 아카데미 19회 졸업생입니다."

대답은 그것으로 충분했다. 엘리건스 아카데미는 맥이 일전에 말했던 헥터 공작이 지원한다는 행정 전문 아카데미였다.

"핫! 베노이스트 출신이셨습니까?"

기가 막혔는지 자레드가 헛웃음을 지었다. 안부를 전해 달라는 걸 보면 아버지와도 안면이 있다는 뜻이었다.

따로 묻지 않아도 그림이 그려졌다. 별 볼 일 없는 집안의 자식이 공부 좀 해서 아버지를 뵐 기회가 있었나 본데, 감히 주제도 모르고 바율 옆에 붙어서 자신을 핍박하는 꼴이지 않은가.

정령사니 뭐니 요새 인기가 하늘을 찌르는 바율이라고는 하나, 은혜를 원수로 갚아도 유분수지. 작금의 상황이 자레드는 진심으로 우스웠다.

"네, 그곳에서 나고 자랐습니다."

"그것참 유감이네요. 저랑 가까워질 기회가 있었을 텐데, 사라져 버려서 말입니다."

조금 전까지만 해도 겁을 집어먹었던 녀석이 맥의 출신을 알고 나자 다시금 기고만장해졌다.

상대보다 본인이 우월하다는 자만심.

녀석의 단순함이 재차 빛을 발하는 순간이었다.

"유감은 무슨! 괜히 엮였다가 똑같이 쓰레기 취급받을 뻔한 거 잘 피한 거지! 맥 보좌관님이 선견지명이 있으시네!"

라피트가 또다시 끼어들었다. 잠시 잊고 있었던 단어가 다시 튀어나오자 자레드의 얼굴이 일그러졌다.

"야, 1학년! 진짜 죽고 싶냐? 까부는 것도 정도껏 해라!"

"라피트 공자님, 자중하십시오. 그런 말씀은 세이모어 백작님께도 누가 될 수 있습니다."

맥이 라피트에게 주의를 주자 자레드의 입꼬리가 히죽 말려 올라갔다. 하지만 맥의 말은 끝난 게 아니었다.

"그리고 자레드 공자님께선 어서 란데르트 백작님께 사과하시지요. 오로지 황제 폐하의 명만을 받드는 특무대신이십니다. 어느 누구도 감히 그런 식으로 말씀하실 순 없습니다."

"맥 보좌관님, 됐습니다. 곧 조회도 시작될 텐데 그냥 넘어가죠."

자레드가 사과를 한다고 해서 그게 진심일 리도 없었다. 강당으로 향하던 학생들이 무슨 일인가 싶은지 기웃거리기 시작했다. 대회 첫날부터 안 좋은 일로 시선을 끌고 싶지 않았다.

"백작님을 모시는 보좌관으로서 절대 그냥 넘어갈 수 없습니다. 상관의 권위를 세우는 일 또한 제게는 매우 중요한 임무입니다."

내심 고지식한 면이 있을 것 같다고 생각 중이긴 했지만, 이런 자리에서까지 이렇게 융통성 없게 굴 줄은 몰랐다.

맥은 마치 본인이 부당한 대우를 받기라도 한 양 대놓고 불쾌감을 표시했다.

헥터 공작의 사람은 아니라는 뜻인가?

그의 아들에게 이렇게까지 하는 걸 보면 괜한 기우일지도 모른다는 생각이 불쑥 들었다.

"자레드."

맥의 요구에 주먹을 쥔 채로 부들거리는 자레드에게 녀석의 똘마니 중 하나가 작게 속닥였다.

"여기서 더 소란스러워지면 우리만 손해야. 오늘 시합 준비도 해야 하잖아. 얼른 사과하고 넘어가자."

'씨발, 그걸 누가 몰라서 이래?'

자레드가 한껏 눈알을 치켜뜨며 친구를 노려보았다. 한마디만 하면 간단히 끝날 일이었지만, 이건 자존심 문제였다.

자신을 퇴학까지 당하게 만든 놈들이다. 복수를 해도 모자랄 판에, 도리어 고개를 숙이게 생겼으니 울화가 치밀어 미칠 것 같았다.

바율이 황궁에서 작위를 받던 날, 그는 아버지에게 잡혀 먼지 나도록 두들겨 맞았다. 황실 파티에서 있었던 일이 아버지의 귀에 들어가면서 다시금 가문의 명예에 먹칠을 했다며 분노를 표출하신 것이다.

모든 게 눈앞의 녀석 때문이었다.

'저 자식 때문에 아버지도 의장직에서 물러나셨어! 그때 그냥 뒈져 버렸어야 했는데!'

황태자 암살 시도 사건 때 바율이 죽었다가 살아났다는 소식을 듣고 어찌나 짜증이 나던지, 한동안 입맛이 없어 밥을 제대로 못 먹었을 정도였다.

눈엣가시 같은 존재.

바율도, 란데르트 공작도 헥터 가에서는 치를 떠는 존재들이었다.

'어차피 황태자가 바뀌면 너는 끝이야!'

아버지께 맞으면서 후궁인 카트린느가 아이를 가졌다는 사실을 전해 들었다. 언젠가 그녀에게서 황자가 태어나면 그 아이를 황태자로 만들기 위해 이미 오래전부터 준비해 오셨던 아버지였다.

'그때까지만 참자. 나중에 반드시 후회하게 만들어 주겠어!'

혼자만의 장밋빛 미래를 상상하며 결국 자레드가 입을

열었다.

"캐링스턴을 찾은 손님으로서 먼저 무례를 범했다면 사과할게. 앞으로 제국을 위해 큰일을 하실 몸인데 내가 배려해야지."

마음에도 없는 말이 술술 흘러나왔다. 녀석의 빈말에 대꾸하고 싶지 않았지만, 이 자리를 파하기 위해선 바율도 사과를 받아 줘야만 했다.

"그래, 어쨌든 너도 손님으로 왔으니 잘 지내다 가길 바랄게. 오늘 체스 경기에 나올 거라지? 이번엔 제대로 한번 붙어 보자."

"전에는 네 실력을 몰라서 내가 방심했던 거 알지? 기대해도 좋을 거야."

자레드는 진정으로 자신 있었다. 녀석은 상대를 너무 얕본 탓에 자신이 진 거라고 철석같이 믿었다. 그럴 만도 한 게, 그는 바율을 빼고는 여태 누구에게도 져 본 적이 없었다. 해서 실력의 차이를 여실히 느끼게 해 줄 참이었다.

기대는 네가 해야 할 거야.

바율은 그렇게 말하고 싶은 걸 참으며 그저 미소로 응답했다.

자레드가 망각하고 있는 것 같은데, 녀석과의 첫 대결에서 바율은 생전 먹어 본 적도 없는 술을 마셨다. 그것도 엄청난 도수를 자랑하는 블러드 오브 드래곤을.

그 상태로도 이겼던 상대에게 멀쩡한 정신으로 질 리가 있겠는가.

오늘 바율은 자신만의 방식으로 자레드를 응징할 것이다. 그때 녀석이 어떤 표정을 지을지 벌써부터 궁금해졌다.

"그럼 이만 가 볼게."

자레드가 보란 듯이 맥을 한차례 쏘아보고는 똘마니들과 함께 획 사라졌다.

"바율, 저 자식 완전 발라 버려라."

"다시는 체스로 명함도 못 내밀게 해 버려."

"오늘 처음 봤는데, 들던 대로 진짜 개망나니가 맞네요. 토 나올 정도로 재수 없어요."

라피트가 손으로 입을 가리며 구역질하는 시늉을 했다.

"당연히 이길 자신 있지?"

"물으나 마나야."

퀸의 물음에 답한 건 바율이 아닌 로건이었다. 어려서부터 체스라면 함께 지겹도록 두어 봤다. 그리고 로건은 단 한 번도 바율에게서 이긴 적이 없었다.

하지만 조회가 끝난 후 시작된 체스 시합은 로건의 대답과는 다른 양상으로 흘러갔다.

승마, 활쏘기, 폴로, 마법 등 여러 부분의 경기가 각 경기장에서 벌어졌는데, 개중 사람들이 가장 많이 몰린 곳은 단연 체스 경기장이었다.

그도 그럴 것이 바율이 출전하는 유일한 시합이었고, 마르세이에서 헥터 공작가의 자제가 왔다는 소문이 이미 파다하게 번졌기 때문이다.

제국의 단둘뿐인 공작가의 맞대결이었다. 대부분의 관람객들이 란데르트 공작의 아들이자 정령사인 바율의 승리를 기원하며 참관했지만, 초반부터 상황은 바율에게 불리한 방향으로 돌아가고 있었다.

체스 시합은 단체전이 먼저 열렸다. 1학년에서 4학년까지 각 학년별로 한 명씩 선출된 대표 학생 넷이 한 팀이 되어 싸우는 방식이었다.

총 다섯 번의 경기를 치러야 하는데, 그 첫 번째를 일대일 대결로 포문을 열었다. 다음 시합은 둘이 한 조가 되어 싸우는 복식 체스였고, 다시 일대일, 그리고 재차 복식 체스, 마지막은 단식으로 마무리가 되는 형식이었다.

바율은 2학년 대표로 첫 번째 대결에 나섰고, 자레드 역시 마찬가지였다. 우연인지 필연인지 가장 중요한 첫 경기에서 둘이 붙게 된 것이다.

"뭐야, 실력이 이것밖에 안 되었었나?"

황당하다 싶을 정도로 손쉽게 북이 십어 비껐다. 주소하며 룩을 내려놓는 자레드의 앞에는 이미 퀸 하나가 죽어 있었다.

체스 시합에서 가장 중요한 공격용 말 두 개가 나란히 자레드의 손에 넘어간 것이다. 시합 전부터 본인의 승리를 확신하는 자레드였지만, 이렇게 허무하게 이길 거라고는 생각지도 못했었다.

"이런, 내가 오해를 샀네."

"……?"

울상이 되어도 모자랄 판에 무슨 연유인지 바율은 여유가 넘쳤다.

"뭔 말이냐?"

그에 인상을 쓰며 자레드가 묻자, 바율이 자세를 고쳐 잡으며 대꾸했다.

"난 이제부터 시작이거든."

"…시작?"

"응, 이 정도면 비등하지?"

"비등…… 하다니, 뭔 개소리야?"

"이왕 내준 거 비숍까지 줄까?"

상냥하게 웃으며 되묻는 바율의 얼굴을 자레드가 흔들리는 눈빛으로 바라보았다.

"너 설마 일부러 이런 거냐?"

"이 정도는 주고 해야 네 체면이 조금은 살 것 같아서 말이야."

"지, 지랄하네! 이게 어디서 구라를 까고 있어!"

"어허! 경기 중에 그런 거친 말투는 용납 불가입니다!"

자레드가 버럭 소리를 치자, 보다 못한 심판이 주의를 주었다. 그리고 그때서야 바율의 친구들을 비롯한 많은 구경꾼들이 상황을 이해했다.

얼마 안 가 본인의 말을 증명이라도 하듯 바율이 파죽지세로 자레드의 체스 말들을 집어삼킨 것이다. 본래도 실력이 바율보다 한 수 아래였던 자레드는 놀란 탓인지 제대로 된 반격조차 못 하고 거의 자멸에 가까운 수를 연달아 놓았다.

"우와! 바율 형 짱 멋있다! 진짜로 완전히 발라 버렸네? 아예 상대가 안 되잖아! 저 인간쓰레기 자식 지금 개망신당한 거 맞지?"

라피트가 입이 쩍 벌어져서는 연신 '대박'을 외쳤다.

자의로 퀸과 룩을 떼어 주고도 시합에서 승리를 거둔 바율의 실력에 우레와 같은 함성과 박수 소리가 끊이지 않고 터져 나왔다.

"우리 순한 바율이 언제 저렇게 변한 거냐?"

자레드를 뭉개 버리길 간절히 바랐던 에이단이지만, 이렇게 잔인하다 싶을 정도의 결과가 나올 줄은 몰랐다.

승부에 승복하지 못하고 부르르 몸을 떨고 있는 자레드를 보자니 생전 처음 녀석이 애처롭다는 생각마저 들었다.

"원래 인간은 다 변한다고 했어. 안 그러냐, 퀸?"

일라이의 입가에는 만족스러운 미소가 피어나 있었다.

"장차 해야 할 일이 많은 특무대신이시잖아. 이쯤은 해 줘야지."

퀸의 대답에 동의한다는 듯 로건이 고개를 끄덕였고, 맥은 묘한 시선으로 그런 친구들의 모습을 지켜보았다.

Chapter 10.
살인 미수

1.

"뭘 봐? 확 뽑아 버리기 전에 눈깔 안 치워?"

첫 시합에서 굴욕적인 패배를 당한 자레드 때문인지 마르세이 아카데미 체스 팀은 연속 3패를 기록하며 단체전에서 허무하게 지고 말았다.

지난 대회에서 단체전과 개인전을 모두 휩쓸었던 그들이기에 받은 충격이 적지 않았고, 팀 전체의 사기는 땅으로 떨어졌다.

특히 호기롭게 첫 주자로 나섰다가 망신이란 망신은 다당한 자레드는 현재 눈에 뵈는 게 없는 상태였다. 내일 있을 개인전 시합을 준비해도 모자랄 판에, 산뜩 독이 올라서는 캐링스턴 아카데미를 쑤시고 다녔다.

뭐라도 하나 깨부수지 않으면 돌아 버릴 것 같았다. 시작부터 퀸과 룩을 하나씩 잡고서도 바율에게 졌다는 사실이 녀석은 아직도 믿기지가 않았다.

"놈이 속임수를 쓴 거야! 그렇지 않고서야 어떻게 내가 질 수 있냐고!"

간이 막사를 지탱하기 위해 세워진 얇은 나무 기둥의 밑부분을 자레드가 느닷없이 강하게 후려쳤다. 그러자 천막이 기울어지며 그 아래서 음식을 사 먹고 있던 사람들이 놀라 비명을 질러 댔다.

"어맛!"

"깜짝이야!"

"학생, 이게 뭐 하는 짓이야!"

노점의 주인이 뛰어나와 소리를 꽥 질렀지만, 자레드와 일행은 이미 저만치 걸어가고 있었다.

"자레드, 아까 일은 잊어버려. 내일 설욕전을 펼치면 되잖아."

"그래. 그깟 단체전이 뭐가 중요해? 네 실력은 개인전에서 증명해도 늦지 않아!"

"장시간 기차를 타고 오느라 많이 피곤했을 거야. 오늘은 컨디션이 좋지 않았을 뿐이니, 내일을 기약하자고. 난 여태 너보다 체스를 잘 두는 사람은 본 적이 없다니까?"

자레드의 비위를 맞추느라 진땀을 빼는 녀석들의 얼굴에는 하나같이 억지웃음이 돋아나 있었다.

그들이라고 어찌 모르겠는가?

바보가 아닌 이상 오늘 경기를 보았다면 다 알 것이다.

체스로는 바율을 절대 이길 수 없다는 걸.

잘 모르는 그들의 눈에도 자레드는 바율의 상대가 되지 못했다.

응원 대표 자격으로 자레드를 따라나서는 게 아니었다. 괜히 잘 보이려고 쫓아왔다가 재수 없게 화풀이 대상이 될 판이었다.

그들은 어떻게 해서든 자레드를 진정시켜서 숙소로 돌아가고 싶었다.

"어라? 저게 누구야?"

그때 자레드가 무슨 일인지 걸음을 뚝 멈췄다. 그런 녀석의 시선이 웬 남학생의 뒤통수에 가 꽂혀 있었다. 캐링스턴 교복을 입고 있는 것으로 보아 예전에 알고 지낸 친구인 모양이었다.

"마침 딱이구먼."

자레드의 입가에 비릿한 미소가 감돌았다. 녀석이 똘마니들에게 따라오라고 턱짓하며 빠르게 이동했다.

캐링스턴 아카데미를 방문하는 것이 처음인 일행은 자신들이 어디로 가는 건지 당최 알 수가 없었다. 점점 인근에 사람들이 줄어드는 게, 아무래도 아카데미 내에서도 변두리인 듯했다.

그러다 앞서가던 남학생을 빼고는 인적이 완전히 사라진 곳까지 오게 되었다. 그것을 확인하자마자 자레드가 쏜살같이 달려가 상대의 머리채를 휘어잡았다.

"아악!"

갑작스러운 공격에 놀라 외마디 소리를 지른 것은 절망의 신전으로 향하던 나단이었다.

"자, 자레드!"

무방비 상태로 봉변을 당한 나단만큼이나 똘마니들도 놀라긴 매한가지였다. 상대가 대체 누구이기에 다짜고짜 머리부터 잡아채는지 경악스러웠다.

"…자레드?"

힘겹게 손아귀를 뿌리치며 나단이 몸을 돌려세웠다. 그런 그의 앞에 세상에서 가장 증오스러운 존재가 버젓이 서 있었다.

"오냐, 나다. 오랜만에 보니까 되게 반갑지?"

"하핫! 반갑냐고? 진심으로 하는 말이야?"

"어, 왜? 안 믿겨? 네깟 녀석을 내가 친히 반갑다고 해 주니 막 감개무량해?"

"자레드, 네 눈엔 내가 그렇게 보이니? 그렇다면 눈이 완전히 삔 것 같은데?"

"뭐야?"

나단이 엉망이 된 머리칼을 대충 정리하며 비아냥거리자 자레드가 어처구니없다는 듯 입을 벌렸다.

이전에는 자신과 제대로 눈도 못 마주칠 정도로 빌빌거리던 녀석이었다. 한데 이제는 이런 놈까지 날 무시한단 말인가?

"못 본 사이에 많이 컸다? 제법이네."

"넌 못 본 사이에 체스 실력이 많이 퇴화했던데?"

"……!"

"시합 잘 봤어. 역시 내 예상대로 넌 바율에게 상대도 안 되더라. 나 같으면 창피해서 얼굴도 못 들고 숙소에 처박혔을 텐데, 과연 넌 대단해. 헥터 공작가의 후계자답다!"

"…너, 이 자식 아주 말이 청산유수구나? 그간 그걸 어떻게 참고 살았대?"

안 그래도 오늘은 자레드의 인생에서 가장 치욕스러운 날이었다. 그런데 하필 그 수치스러운 순간을, 그간 무시해 왔던 나단이 이렇듯 대놓고 꺼내자 간신히 붙잡고 있던 이성의 끈이 끊겼다.

"이 새끼 잡아!"

"…어엇?"

"이 새끼 당장 붙잡으라고! 내 말 안 들려?"

자레드의 호통에 머뭇거리던 녀석들이 재빨리 나단의 양 팔을 붙들었다.

"홋, 이번에도 내가 화풀이 상대인가 보지?"

자레드에 관해서라면 누구보다 잘 아는 나단이었다. 녀 석의 괴롭힘에 극단적인 선택까지 생각했던 그가 아닌가.

하지만 천운으로 살아났고, 그 인연으로 주기적으로 신 전을 찾고 있었다. 요즘은 진지하게 신학부로 옮기는 것을 고민 중이기도 했다.

"문제가 생기면 무조건 남 탓이지. 때리려면 어디 얼마 든지 때려 봐! 내가 그런다고 무서워할 줄 알아?"

이전의 나단이 아니었다. 더 이상 권력과 폭력 앞에 굴복 하지 않으리라. 다시는 자레드 같은 놈에게 고개를 숙이지 않겠다고 신 앞에서 맹세했다.

"바율의 발끝도 못 따라가는 비루한 자식! 내가 장담하 는데, 넌 끝까지 바율을 이기지 못할 거야! 헥터 공작가는 이제 끝났어!"

나단의 계속되는 폭언에 얼굴이 점점 일그러지던 자레드 가 어느 순간 미친 듯이 깔깔거리며 소리 내어 웃었다.

"이 새끼가 완전히 미쳤네? 내가 없는 사이에 대체 캐링스턴에 뭔 일이 있었던 거야? 다들 아주 죽자고 덤벼드네?"

"네가 날 죽일 수는 있고?"

"…왜? 못할 것 같냐?"

딸깍!

표정을 굳히며 정색하는 자레드의 손에는 어느새 날카로운 단도가 쥐어 있었다. 녀석이 항시 소지하고 다니는 잭나이프였다.

"자레드!"

갑자기 자레드가 칼을 꺼내자 나단보다도 친구들이 더욱 놀랐다. 녀석들이 그건 아니라며 연신 고개를 가로저었다.

"병신들, 겁먹기는! 걱정 마. 저 자식 집안 별거 아니야. 내가 지금 여기서 저놈의 멱을 따 봤자 아무도 날 어쩌지 못할걸? 저 녀석의 비렁뱅이 부모들에게 돈이나 찔러 주면 되겠지."

쥐뿔 가진 것도 없으면서 귀족이라고 떵떵거리는 나단의 부모에 대한 얘기는 자레드에겐 언제나 재밌는 안줏거리였다.

"허세도 정도껏 부리시지. 넌 날 찌르지 못해. 그리고 여긴 신성한 신전 앞이거든? 그딴 흉물스러운 물건은 당장 치우라고!"

나단은 자레드가 잭나이프로 누군가를 해하는 모습을 한 번도 본 적이 없었다. 그가 아는 한 저건 그냥 겁주기 용이었다.

하지만 나단이 간과한 것이 있었으니, 오늘이 자레드에게 최악의 날이라는 사실이었다. 거기에 불난 집에 기름을 붓듯 계속 자극을 해 댔으니 자레드의 정신이 온전할 리가 없었다.

"허세인지 아닌지는 두고 보면 알겠지."

자레드의 야비한 눈빛이 일순 차갑게 가라앉았다. 녀석이 단숨에 나단의 하복부에 잭나이프를 찔러 넣었다.

푹!

"으아아아!"

똘마니들이 괴성을 내지르며 나단에게서 떨어졌다.

"지, 진짜로 찔렀어!"

"피, 피가……!"

칼을 맞고 주저앉는 나단 역시 믿을 수 없다는 듯 자레드를 바라보았다. 극심한 통증이 아랫배를 시작으로 전신에 퍼져 나갔다.

"그러게 왜 주제도 모르고 꼴값을 떨어? 내가 퇴학당하고 없으니까 아주 살 만했냐? 너 같은 버러지 새끼는 이 세상에서 사라지는 게 돕는 거야!"

말릴 틈도 없었다. 칼침으로도 울분이 가시지 않은 듯 자레드가 쓰러진 나단을 두 발로 마구 밟아 댔다.

"자, 자레드! 그만해!"

"이러다 죽는다고!"

친구들이 뒤늦게 말리려 나섰지만 소용없었다. 기실 그들도 자레드의 성질을 잘 알기에 그리 적극적인 대응은 하지 못했다.

"거기, 뭐 하는 짓이에요!"

앙칼진 목소리와 함께 누군가 나타난 것은 그때였다.

잠시 발길질을 멈추고 소리가 난 쪽을 돌아본 자레드가 상대를 위아래로 쭉 훑어보고는 이내 히죽거렸다.

"넌 또 뭐 하는 년이야?"

차림새를 보아하니 귀족은커녕 어느 집 하녀 같았다. 옆의 덩치들도 비슷한 꼴을 보아 몸종이 분명했다.

"엄마야! 카, 칼이……!"

"스승님! 괜찮으십니까?"

별안간 리타가 비명을 지르며 휘청하자 바르가 얼른 그녀를 붙들었다.

그랬다. 자레드가 뭐 하는 년이냐고 물은 상대는 다름 아닌 리타였다. 바율의 시합을 관전한 후 신전에 들러 기도하고 나오는 길에 하필이면 자레드와 맞닥뜨린 것이다.

처음부터 목격한 게 아니라서 단순한 싸움질로 오인했던 리타는 복부에 칼이 꽂힌 채 쓰러져 있는 나단을 발견한 순간 심장이 덜컹했다. 해밀턴에서 수많은 기사들을 보면서 나고 자란 그녀지만, 단 한 번도 지금과 같은 광경은 본 적이 없었다.

"저대로 두면 위험해요!"

하지만 놀람은 잠시였다. 리타가 바르의 손길을 뿌리치며 나단에게로 달려갔다.

"이봐요, 정신 차려요! 나 보여요?"

리타의 물음에 나단이 실눈을 뜨며 힘겹게 고개를 끄덕였다.

"조금만 참아요! 당장 사제님을 불러올게요!"

신전이 바로 코앞이니 빠르게 치료하면 살 수 있을 것이다. 리타는 부리나케 일어나 신전을 향해 뛰었다. 아니, 그러려고 했다.

"누구 맘대로?"

탁!

자레드가 그녀의 손목을 낚아챈 것이다.

"이 녀석은 오늘 여기서 죽을 거거든? 넌 그냥 조용히 꺼져!"

"뭐라고요?"

지금처럼 다급한 상황에 이런 말을 내뱉는다는 게 리타
는 믿기지 않았다. 그래선지 눈에 핏발이 선 채 겁박하는
자레드가 하나도 무섭지 않았다.

　"이거, 설마 그쪽이 그런 거예요?"

　"그렇다면?"

　"당장 고발해야죠! 친구끼리 친하게 지내지는 못할망정,
어떻게 칼을……!"

　다시 생각해도 리타는 소름이 돋았다.

　"고발? 어디 한번 그렇게 해 봐. 아, 근데 그 전에 내가
널 좀 손봐 줄 건데. 그 후에도 할 수 있겠어?"

　자레드가 남은 한 손으로 리타의 멱살을 틀어쥐었다. 그
리고 리타의 손목을 쥐고 있던 손을 풀고는 팔을 들어 힘껏
그녀의 얼굴을 향해 휘둘렀다.

　퍽!

　그러나 둔탁한 소음과 함께 나가떨어진 건 리타가 아닌
자레드였다.

　"이 새끼가 뒤지고 싶어서 환장했나? 어디 감히 스승님
께 손찌검을!"

　아카데미에선 최대한 얌전히 있으라는 데스의 명 때문에
겨우 참고 있었는데, 이 이상은 힘들었다. 바르가 넘어진 자
레드를 녀석이 나단에게 했듯 아주 자근자근 밟아 주었다.

"바르 형님, 그러다 죽습니다."

아몬이 말리지 않았다면 자레드는 정말로 이승과 하직할 뻔했다. 녀석의 몸뚱이가 두 동강이 나기 직전에야 바르의 발길질이 겨우 멈췄다.

2.

"사제님!"

신전의 치료실에 난데없이 두 명의 환자가 들이닥쳤다. 자레드는 똘마니 중 하나에게 업힌 상태였고, 나단은 바르에게 안긴 채였다.

"무슨 일입니까?"

방금 전에 절망의 신과 강한 친화력을 지닌 리타를 아쉬운 마음으로 돌려보냈던 바그너 사제였다. 그런 그가 나단과 자레드를 보고는 기함하며 침상을 가리켰다.

"얼른 눕히세요!"

바그너 사제가 황급히 성수가 담긴 그릇을 들고 먼저 나단에게로 향했다. 아직 녀석의 복부에는 잭나이프가 박혀 있었다. 그것을 조심스레 뽑자 피가 튀기며 짙은 혈향을 풍겼다.

"지혈하겠습니다."

바그너 사제를 모시는 수행 사제가 서둘러 두꺼운 천으로 나단의 상처 부위를 감쌌다. 바그너 사제는 지체하지 않고 성수를 뿌리며 곧바로 기도를 시작했다.

그에게 자상 입은 환자를 치료하는 건 굉장히 드문 일이었다. 절망의 신전이 아카데미 내에 위치해 있다 보니 치료가 급한 이들은 굳이 이곳까지 오지 않았기 때문이다.

같은 이유로 이곳의 환자 대부분은 학생들이었다. 심해 봤자 서로 치고받다가 입은 타박상 정도지, 지금처럼 칼까지 사용된 것은 그가 이곳에 부임한 이래 처음이었다.

바그너 사제의 이마가 금세 땀으로 흥건해졌다. 잭나이프의 날 길이가 짧은 건 다행이었으나, 찔린 부위가 좋지 않았다. 창자에 구멍이 나, 그것을 봉합하는 과정이 쉽지 않았다.

'나단, 힘을 내거라!'

신학생이 되고 싶다며 몇 차례 상담을 해 준 적이 있는 아이였다. 작년에 교내 폭력 사태의 피해자로서 그에게 직접 치료를 받았던 녀석이기에 바그너 사제도 남다르게 여기고 있었다.

왜 하필 나단에게 또다시 이런 일이 벌어진 건지는 모르겠지만, 바그너 사제는 부디 녀석이 전처럼 많이 힘들어하지 않기를 진심으로 바랐다.

'응?'

그러던 와중이었다. 있는 힘을 다해 신성력을 퍼붓던 바그너 사제가 이상함에 고개를 갸웃했다.

'뭐지? 어디서 이런 힘이?'

나단의 상처가 빠르게 아무는 것이 느껴졌기 때문이다. 하지만 그가 한 일은 아니었다. 갑자기 밀려드는 무지막지한 기운에 비하면 그의 힘은 아주 미약했다.

'대체 누가……?'

혼란스러움에 당황하던 바그너 사제의 눈에 기이한 광경이 들어왔다.

침상의 맞은편. 그곳에서 눈을 감은 채 두 손을 깍지 끼고 기도하는 리타를 발견한 것이다.

'절망의 신님, 제발 살려 주세요. 죽지 않게 해 주세요.'

놀랍게도 리타가 간절하게 염원할수록 나단의 자상이 나아지는 속도도 점점 빨라졌다.

'저 소녀의 친화력이 발현되는 것이로구나! 오, 신이시여……!'

성수도 없이 오로지 기도만으로 이런 힘을 발휘한다는 것은 들어 본 적이 없었다. 그야말로 성녀나 다름없었다. 교황청에 알려 그녀를 반드시 신전으로 모셔야겠다는 생각이 바그너 사제를 사로잡았다.

"사제님, 괜찮으십니까?"

리타로 인해 잠깐 정신이 팔린 바그너 사제를 오해한 수행 사제가 걱정스러운 음색으로 그를 불렀다. 그는 아직 이 기운을 눈치채지 못한 듯했다.

"…난 괜찮다."

지금은 일단 환자를 살리는 것이 무엇보다 중요했다. 바그너 사제는 리타에 대한 관심을 잠시 거두고 나단을 치료하는 데 집중했다.

3.

"리타!"

리타가 자신도 모르는 큰일(?)을 하는 동안 아몬에게서 소식을 전해 들은 바율과 친구들이 달려왔다.

"괜찮아? 안 다쳤어?"

"네, 도련님. 저는 멀쩡해요."

"리타 양이 무사해서 정말 다행입니다."

함께 온 이언이 가슴을 쓸어내리며 안도했다. 그들은 리타가 싸움을 말리려다가 사고에 휘말렸다고 전해 들었다. 그 과정에서 칼이 사용되었고, 부상자들을 치료하기 위해 신전으로 갔다는 얘기였다.

아몬이 리타는 무사하다고 말하긴 했지만, 직접 보기 전까지는 안심할 수가 없었다.

"대체 어느 놈이 교내에서 칼싸움을 했나 했는데, 또 저 녀석이었어?"

그들이 도착했을 때, 바그너 사제는 자레드를 치료하고 있었다. 나단은 응급 처치를 무사히 끝냈지만, 정신적 충격 때문인지 아직 의식이 없는 상태였다.

"설마 자레드 자식이 나단을 칼로 찌른 거야?"

나단의 복부에 붕대가 감긴 데다, 벌어진 옷에는 피까지 묻어 있었다. 녀석의 침상 옆에는 피 묻은 잭나이프가 강한 존재감을 드러내는 중이었다.

"근데 쟤는 상태가 왜 저래? 누가 저랬어?"

상황을 살피니 칼에 찔린 건 나단인 듯한데, 어째 상태가 더 심각해 보이는 건 자레드 쪽이었다. 바그너 사제도 치료가 신통치 않은지 힘겨운 얼굴로 연신 땀을 쏟아 내고 있었다.

사실 그는 매우 당황하는 중이었다. 나단의 자상을 보고 놀라 당연히 더 응급 환자라 여기고 먼저 치료하였는데, 막상 뚜껑을 열어 보니 그게 아니었다.

분명 뼈가 부러진 것도 아니고, 장기에 손상을 입은 것도 아닌데 자레드는 이상할 정도로 상처의 회복이 더뎠다. 부상이라고는 맞아서 생긴 게 전부이거늘 어째서 이러한 것인지 알 길이 없었다. 리타가 나단 때처럼 힘을 보태 주지 않아서 그런 건가 싶은 생각마저 들었다.

"큼큼."

사고 치지 말라는 데스의 명령을 어긴 꼴이니 바르는 차마 본인이 그랬다고 답하지 못했다. 그래도 내심 찔리는 구석이 있어 헛기침을 두어 번 터뜨렸다.

그것만으로도 데스는 물론이고 다들 어떻게 된 일인지 충분히 짐작 가능했다.

"이거 교수님들께 알려야 하는 거 아닌가?"

단순한 싸움질이 아니었다. 무려 무기가 사용되었다. 엄연한 범죄였고, 응당 그냥 지나칠 수 없는 문제였다.

"아카데미뿐 아니라 관청에도 보고해야 할 사항입니다. 아직 미성년이라고는 하나 칼을 사용한 것은 가중 처벌을 받을 만큼 무거운 죄입니다. 아카데미 내 단순 폭력 사건으로만 취급될 수 없는 범법 행위라 할 수 있습니다."

"…보좌관님도 오셨었습니까?"

그가 있다는 것을 미처 깜박했다. 맥의 장황한 설명에 바율과 친구들은 왠지 등골이 오싹했다.

"아까부터 쭉 함께 있었습니다."

에이단을 힐긋 바라본 뒤 맥이 리타에게 물었다.

"리타 양, 어떤 상황이었는지 설명해 주실 수 있겠습니까?"

"그럼요. 근데 저도 처음부터 본 건 아니라서요."

"리타 양이 직접 목격한 부분부터 설명하시면 됩니다."

맥의 차분한 음성에 리타가 고개를 끄덕이며 자신이 어떻게 싸움에 휘말리게 되었는지 간략하게 설명했다.

"…그러니까 리타가 도착했을 땐 이미 칼에 찔린 상태였다는 거구나?"

"네, 도련님. 그래서 제가 신전에 얼른 데려가서 치료를 하려고 했는데 저 새끼…… 아니, 저 사람이 못하게 했어요!"

흥분한 리타가 한 손으로 제 입을 가리면서도 다른 한 손으로는 자레드를 지목했다.

"옆에 있는 저 사람들도 다 같이 봤어요!"

리타의 지적에 자레드의 똘마니들이 약속이라도 한 듯 동시에 움찔거렸다.

"리타 양의 말이 모두 사실입니까?"

맥이 묻자 녀석들이 더욱 주춤거렸다. 인정하자니 잠시 후에 깨어날 자레드에게 죽을 것 같고, 안 그러자니 바르가 무서웠다. 이성을 되찾고 고분고분한 상태로 돌아간 바르지만, 그들은 이미 조금 전 그의 광기를 직접 목도했다.

그건 인간이 아니었다.

악마, 그 자체였다.

그처럼 무차별적인 폭력은 어디에서도 본 적이 없었다.

"얼굴에 다들 딱 쓰여 있네."

"보나 마나지. 시합에서 진 게 열 받아서 나단에게 화풀이를 한다는 게 선을 넘은 거겠지. 자레드 저 자식도 이제 진짜 끝이겠다. 살인 미수는 형량이 얼마나 되려나?"

"에이단 공자님, 아직 속단하기는 이릅니다. 리타 양은 칼에 찔리는 것을 직접 보지 못했다고 했습니다. 정황상 아무리 그렇다 해도 자레드 공자님을 섣불리 범인으로 지목할 수는 없습니다."

"제가 보지는 못했지만, 직접 그랬다고 말하는 건 들었어요!"

"자기가 인정을 했단 말이야?"

"네! 그래서 제가 고발할 거라고 하니까, 이렇게 제 멱살을 잡고 때리려고 했어요!"

"뭐라고? 널 때리려고 했다고?"

여태 남 일인 양 관심도 보이지 않던 데스가 벼락같이 소리쳤다. 그에 깜짝 놀란 리타가 자기도 모르게 고개를 주억이자 순간 바르와 아몬의 뒤통수에서 불이 번쩍했다.

따악!

"너희 두 놈들은 뭐 한 거야? 리타가 멱살이 잡힐 때까지 눈 뜨고 잠이라도 처잤어? 이것들이 요새 아주 빠졌지?"

데스의 눈빛이 바뀌었다. 그에게 소중한 양식을 제공하는 리타가 위험한 상황에 노출되었었다는 말을 듣자 분노의 아우라가 그에게서 뻗쳐 나왔다.

"근데 아고스 이 자식은 왜 안 보여?"

"…그게, 녀석은 근신 중이라서……."

"아, 맞아. 그랬지."

우편함 관리에 소홀했던 대가로 아고스만 달랑 저택에 남아 외로운 시간을 보내는 중이었다. 조금 전까지만 해도 녀석의 처지를 딱하다고 여겼는데, 지금은 아고스가 세상에서 제일 부러웠다.

"너희 둘은 일단 나중에 보자고."

데스가 의미심장한 말을 남기며 돌아섰다. 그가 향하는 곳은 여전히 침상에 누운 채 기절해 있는 자레드였다.

"감히 리타에게 손을 대?"

상대가 의식이 없는 상태라는 건 데스에겐 전혀 중요치 않았다. 그에게 지금 자레드는 모르스보다 더 죽여 마땅한 존재였다.

"데스, 잠깐만요!"

바율은 다급히 데스의 앞을 막아섰다. 데스의 성격대로라면 절대 자레드를 가만두지 않을 것임을 알기 때문이었다.

"상대는 환자예요! 온전한 정신도 없는 사람한테 그러면 안 됩니다!"

"온전한 정신?"

"네! 우선은 진정부터 하고, 나중에 전후 사정을 들은 다음 사태를 해결해도 늦지 않을 거예요. 그러니……."

"으흠."

바율이 필사적으로 데스를 제지하는 그때, 방금 전까지만 해도 기절해 있던 자레드가 신음을 내며 눈을 떴다.

"정신이 좀 드니?"

갑작스러운 녀석의 변화에 가장 어리둥절한 건 치료 중이던 바그너 사제였다.

대관절 이게 무슨 조화인지 알 수가 없었다. 신성력에 성수까지 아무리 부어도 차도가 전혀 없었거늘, 기적과도 같은 일이었다.

"이제 됐지?"

바그너 사제는 몰랐지만, 자레드를 깨운 건 데스였다. 그가 마신의 권능으로 녀석의 정신을 건드린 것이다. 당연히 치료가 아니라 응징을 가하기 위해서 말이다.

데스의 눈동자가 붉게 물들었다.

그를 말릴 수 없다는 걸 바율은 본능으로 알 수 있었다. 데스는 진심으로 자레드를 죽일 작정이었다.

"테, 템페스타!"

아무리 망나니라도 죽게 내버려 둘 수는 없었다. 녀석을 살리려면 이 수밖에 없었다.

"바율, 불렀어?"

천진하게 웃으며 나타난 템페스타에게 바율이 황급히 부탁했다.

"데려가! 지금 당장!"

주어가 생략되었지만, 그 대상이 누구인지는 템페스타도 충분히 알아들었다.

"무슨 짓이야? 그냥 놔두지 못해?"

아니요, 안 돼요.

바율 평생 자레드를 돕는 날이 올 줄은 몰랐다. 데스가 자레드를 잡아채기 직전, 템페스타가 녀석을 데리고 신전 밖으로 바람같이 사라졌다.

"바율, 이 자식 나쁜 놈이지? 내가 실컷 골려 주고 올게!"

살랑 바람을 타고 템페스타의 목소리가 전해졌다. 그제

야 바율은 데스보다는 안심이 가지만, 그에 만만치 않은 상대에게 자레드를 맡겼음을 깨달았다.

'템페스타, 너무 위험한 장난은 치지 마.'

얼른 말했지만, 답이 없었다.

'죽이면 안 돼!'

이번에도 돌아오는 대꾸가 없다.

'살려는 와야 해! 알겠지?'

바율이 연이어 당부했으나 까르르하는 웃음만이 그의 귀에 메아리칠 뿐이었다.

〈다음 권에 계속〉

4컷 만화

행운이 있기를

퀸이 내게 남긴 편지라고…?

덜덜

이 편지는 인어국에서 시작되어 일 년에 한 바퀴를 돌면서 주인에게 행운을 주었고 지금 당신에게 온 이 편지는 4일 안에 7명에게 똑같이 적어서 나누어 주어야…

종이….

응?

종이랑 펜 좀 줄래!?

· 정령의 펜던트 ·

보너스 4컷 만화

· 빅피 ·